冰川老師想交個宅宅男友
U0045597
女友 MODE
終於可以兩人獨處了
霧島同學
冰川真白
MASHIRO HIKAWA !!
拓也所就讀的慶花高中的國文老師。雖然讓學生聞風喪膽，被稱為魔鬼教師「雪姬」，其實是位重度宅女。尚未得知拓也是學生時就忍不住喜歡上他了。
第一堂課

你們給我安靜一點
ON
魔鬼教師
MODE

宅女
MODE
接招吧，三萬圓的課金之力！
唔嘿嘿嘿……
Colbee
ポテトチップス
こいしお味
OFF

霧島拓也
TAKUYA KIRISHIMA------!!
宅男高中生。總因為自己看似不良少年的長相而煩惱。還不知道冰川老師的真實身分時就和她交往了。
拓也，你最近是不是怪怪的？
今天要不要跟我約會呀♡
篠原涼真
!!---------- RYOMA SHINOHARA
以前是拓也的家教，目前是慶花高中的數學老師。像大哥一樣照顧拓也。
小櫻木乃葉
KONOHA KOZAKURA---------- !!
拓也的童年玩伴&學妹。一天到晚跑到拓也家玩，是個愛捉弄人的小惡魔。

神坂紗矢
SAYA KANZAKA---------- !!
外表看似小孩，內在卻很成熟。是冰川老師的好朋友，也是暢銷同人作家。冰川老師總會找她商量戀愛煩惱。
我、我也喜歡妳。
我呀，最～～喜歡佳霧島同學了。
真白，你們接吻了嗎？

制服
MODE
那個……只有一下下的話……
我、我也可以穿給你看啦。

…………唔！
妳超可愛耶，
我可以拍照嗎？
不、
不能拍到臉喔！

OTAKARE
!! --- PLEASE --- !!
第一堂課
絶對不容許
師生戀！
各位同學聽好了，這裡會考喔。
雖然應該不用我再次強調，
但請各位將這件事牢記在心。
因為這是絕對不能逾越的禁忌防線。
越線之後會有什麼下場……
相信聰明的同學們都能理解吧？
……唛，我嗎？我、我當然、嗯嗯、
不可能這麼做……真、真的啦。
跟、跟學生談戀愛這種事，
我怎麼可能……怎、怎麼可能……唔唔！

冰川老師想交個宅宅男友
Author 篠宮夕
Illustration 西沢5ミリ
OTAKARE
!! --- PLEASE --- !!
第一堂課
Kadokawa Fantastic Novels
MON
1
國語
2
3
4
5
6

序章

「你們給我安靜一點。」

高中一年級的春天。

開學典禮。

在邁向嶄新人生、心懷雀躍的新生面前，她用冷冽如冰的聲音如此痛斥。直至今日，我仍記得一清二楚。

站在講台上的人是一名女教師。

她將黑髮綁成一束馬尾。

戴著黑框眼鏡的模樣給人一絲不苟的印象，銳利的目光在眼鏡後頭若隱若現。她穿著全黑套裝，看起來相當拘謹。

雖然是位美人，卻渾身散發出刺人又冰冷的氣場。

那名女老師環視體育館內一圈後說：

「我從剛才就一直看著各位同學——實在太多人在交頭接耳了。我還看到一堆人在偷偷玩手機。現在可是開學典禮，不是讓你們為所欲為的地方。」

「——這種事連小學生都知道該怎麼做。以後請各位同學多加留意，不要再被我挑出來罵了。」

雖然她說得很有道理——但我的高中生活，就隨著這番嚴厲的批評揭開了序幕。

後來才聽說，那是被大家揶揄為「雪姬」的女教師。在這所高中似乎是超級嚴格又可怕的老師。

在那之後，我……應該說我們這些新生，都對這位「雪姬」怕得要死。

冰川老師想交個宅宅男友

第一章

我覺得，人類就算努力也無濟於事。

不管再怎麼努力，也總有跨不過的難關。

一言以蔽之，就是「才能」。把範圍擴大一點來談，我認為每個人都有「做得到」和「做不到」的事情。

這樣一來，對於我這種平凡人，認清自己「做不到」的事情，就是人生最重要的課題。還要把重點放在「做得到」的事情上，有效地運用時間，才是最要緊的事。

畢竟時間有限。

所以，我不會把時間用在「做不到」的事情上。

應該將時間拿來做更有益——讓自己更樂在其中的事情。

我覺得這樣才是聰明的生活方式。

不過，若因為這樣就說「我不羨慕那些能完成自己『做不到』的事情的人」，那又是兩回事了。

第一章

總之，我真正想說的是……

「……………唉，好想交女朋友喔。」

距離高中一年級的春假，還有將近一週的時間。

我推著自行車爬上陡峭的坡道時，有對學生情侶騎腳踏車雙載，颯爽地飆了過去。那台可能是電動腳踏車吧，每踩一下就能不斷往上攀升，轉眼間就和我拉開了距離。

我看了雖然很羨慕……但我也知道，交女朋友這件事對我來說根本是不可能的任務。

畢竟將我的數值列出來的話，就是這種感覺。

【姓名】霧島拓也／【職業】學生（高中一年級）【外觀】淺色茶髮（天生的），身高比平均值略高／【備註】宅男

而且我天生自備「眼神有點凶狠」這項減益效果。

總歸一句話，我長得就像漫畫裡那種層級最低的不良少年。

而這種人的遭遇，大多都會被歸結成單一模式。

被班上的人排擠，在需要分組的課堂上就一定會落單。

在自家附近閒晃時，如果和幼童對上眼，也常會惹得他們哇哇大哭。

冰川老師想交個宅宅男友

就像——在起始城鎮中，不只自帶減益效果，還被迫穿上受詛咒的裝備。在這種狀態下，連NPC和魔物都會逃之夭夭，也沒辦法順利完成任務。

想當然耳，女友更是痴人說夢。

連對話本身都無法觸發的狀況下，要和某人打好關係自然比登天還難。

所以就剛才的理論，我應該放棄交女朋友——將火力集中在自己「做得到」的事情上。

但若要我誠實面對自己的內心，我還是對女朋友渴望至極。

如果只是說說理想條件也無妨的話，我想要一個又正又可愛的女朋友。

當然也想找個同樣喜歡宅文化的女朋友。

放學後去逛動漫店，向彼此推薦喜歡的輕小說。休假時就到其中一人的家裡，一起耍廢看動畫。如果有長假，就到稍遠一點的地方展開聖地巡禮。

我當然知道這是個自不量力的夢想。

即使如此，現實中的我還是忍不住每晚在被窩裡妄想「如果能找到可愛的女朋友那該有多好……」。

所以，今天我也一如往常地騎著腳踏車前往書店，購買本日發售的輕小說。

……呃，我也不知道自己為什麼會用總結的語氣說話。剛才那番話的結論，應該是「想要女朋友的話就該稍微努力一點」。

第一章

但有什麼辦法呢？我實在太在意那本輕小說新刊了，從昨晚就一直坐立難安。而且那畢竟是我「做不到」的領域，努力也沒意義啊。

「呼……」

我推著腳踏車，總算爬上了住宅區裡的這條陡峭大斜坡。

這座城鎮——慶花町的景色頓時一覽無遺。

從橫濱站搭乘地鐵約幾十分鐘就能抵達慶花町。這座小鎮沒什麼特殊之處，硬要說的話，大概只有「坡道」很多吧。還有明明地處橫濱，卻壓根兒看不到海。

我眺望著充滿坡道的景色，同時跨上腳踏車，直接騎下坡道。

十分鐘後。

我順利地買到了輕小說新刊。

好啦。天氣預報顯示等一下會有傾盆大雨，早點回家吧。而且我已經迫不及待想看這本輕小說了。

我腳步匆忙地返回書店的腳踏車停車場。

「唔！」

結果我完全被那個人吸引了。

冰川老師想交個宅宅男友

書店前方的天橋上。

有個女孩子抱著一個大紙袋，沿著天橋階梯往上爬。

不僅如此，她的兩隻手臂上都各掛了一個紙袋。而且紙袋上還印有我剛才光顧的那間書店的標誌……也就是說，難道那裡面裝滿了書嗎？

但吸引我注意的理由並非如此而已。

那個女孩子，可說是我人生史上看過最可愛的人。

從外表來看，她可能和我年齡相仿，或是大我一歲的學姊。

她有一頭烏黑亮麗的長髮，以及柔情似水的眼眸。

或許是抱著重物的緣故，她的視線微微往下，臉蛋被凌亂的頭髮蓋住了。但從黑髮間隱隱露出的側臉美得令人屏息。隔著衣服也能清楚看見胸口的弧度，讓那件女用襯衫描繪出魅惑的曲線。加上色調沉穩的淡色長裙，整體給人一種清純的印象。

……唔哇，這個女孩子真是漂亮又可愛。

我心想：如果能跟這種大美女交往，想必每天都是開心的好日子吧。

我當然知道這絕對不可能。

她拿著沉重的紙袋，嘴裡喊著「嘿咻、嘿咻」，慢慢地往上走。

第一章

她步伐緩慢地想要走上天橋階梯，可是……

……這樣沒問題嗎？

在那麼薄的紙袋裡塞滿書本，應該會破掉吧？我在這家書店也買過多到需要用紙袋包裝的書，當時也是一下子就破了。

我才剛這麼想──

劈哩。劈哩、劈哩──────！

果然沒錯，紙袋發出巨大的聲響裂開了。

與此同時，好幾本書啪沙啪沙地掉落在地，沿著階梯滾落到人行道上。

但還不只如此。

有個看似上班族的路人經過眼前的人行道，但他戴著耳機。那個男人瞄了一眼天橋上的女孩子，卻因此沒留意到腳下的書本。再這樣下去，滿是泥濘的鞋子就要踩在書上了。

但從距離上來看，她應該來不及搶救那本書了。

「──、──！」

真的、真的就那麼一瞬間，她的表情微微地扭曲。

說時遲，那時快。

「回過神來，我的身體已經動起來了」。

我將書包扔到地上衝了出去，在男人踩上的前一秒撿起那本書。

但我也因此差點撞上那個看似上班族的男人——他咂了聲舌，狠狠地瞪了我一眼。但一看到我的臉，那個男人就匆忙地快步離去。

……啊，他被我嚇到了吧。

像這樣嚇到別人的情況，我已經司空見慣了，但我還是覺得很受傷……我的長相真的這麼恐怖啊。

「那、那個，對不起，真的很感謝你。」

「不、不會，別放在心上。這不算什麼。」

「你太客氣了。你真的幫了我一個大忙。呃，非常謝謝你。」

那個女孩走下樓梯，不停向我鞠躬道謝。

她抬起頭，臉上的表情明顯安心了許多。這真的只是舉手之勞而已，被她感激到這種地步，讓我有點渾身不自在。

「啊，我幫妳撿吧。」

「咦？不用這麼麻煩……」

「真、真的別在意，我就是想幫忙而已。」

而且我也不能直接拍拍屁股走人吧。

第一章

我用盡全力擠出笑容回答後，就蹲下身子撿拾其他掉落的書籍……啊啊，果然被沙子弄得有點髒了。雖然覺得可惜，但也無可奈何。

把書撿起來後，書名自然而然地映入我的眼簾。

掉在地上的全都是大學學測用的國文參考書。難道這個人是學姊嗎？會在這個春天購買大學學測用的參考書，那她可能是下個學年度要邁入高三，或是重考生吧。

把書撿完後，我把書交給她——這位學姊。

「那、那個……給妳。」

「謝、謝謝。你真的幫了我一個大忙。」

學姊如釋重負地嘆了口氣。

她無比珍惜地將書抱在懷裡，那個部位也因此受到擠壓，柔軟地改變了形狀。

我不知道該眼把睛往哪兒擺……雖然不能說是哪個部位就是了。

這時——

我急忙撇開視線，紙袋就這麼闖進了我的視野。

剛才撿起來的書有些雜亂地被堆在紙袋裡。可能是因為她急於將書塞回紙袋，封面有些凹折。

——我清楚看見了可愛女孩做出M字開腳姿勢的插圖。

冰川老師想交個宅宅男友

這不就是我熟知的那種膚色比例超高的輕小說插圖嗎？

「唔！」

「那、那個，這是、呃！」

可能是察覺到我的視線，學姊的臉頓時漲得通紅。

她應該沒想到插圖會大剌剌地袒露在外吧。

不過，這種不想被外人看到自己正在讀什麼輕小說的心情，我再懂不過了。

果然是這樣吧。雖然這麼說有點不妥——但絕大部分的輕小說，都需要具備相當大的勇氣才能展示給別人看。如果對方也是阿宅，就完全沒有這層顧慮了。

「呃，這、這是、誤會！」

學姊面紅耳赤地將紙袋藏到自己屁股後面。可能因為太過慌張，她連敬語都不用了。

她將視線望向別處，並低聲說道：

「那、那個、這是、呃……………爺爺要我幫他買的。」

「妳爺爺！要買這種異世界轉生的色色後宮輕小說嗎！」

「嗯、嗯，對啊。」

我大驚失色，學姊則點頭如搗蒜。

「他最近好像很沉迷這種書呢。上次甚至在病床上說『能不能快點轉生呢』這種話。」

「這句話的意涵也太深了吧！」
「而且他還忽然開始調查農作物的種植方法。」
「根本想利用知識在異世界大開外掛嘛！」
「我曾看到他在房間裡吟唱魔法之類的咒語……是不是裝作沒看到比較好？」
「那還用說！年紀一大把了居然還犯中二病，反而很猛耶！」
「還有、就是……就是……………………………………………………嗯，我編得太扯了吧。哈哈。（眼神死）」
「怎、怎麼忽然說這種話？」
「對、對不起，還讓你陪我演這齣鬧劇。我想你應該也猜到了，剛才那些都是編出來的。這本書，也是我自己要買的……你嚇到了吧？」
學姊扯出一抹淡淡的、僵硬的笑，情緒降至谷底。
可能是不想被別人發現輕小說的事情吧，她一雙眼毫無靈魂。心理素質未免也太弱了。
但就像我剛剛所說，我也明白這種忍不住想說謊的心情。
所以我連忙替她圓場。
「沒、沒有嚇到啦。這部我也收了全套。呃，雖然不太會形容，但這系列滿好看的。」
「咦？看你剛才的反應，我就在猜了……你也會看這種書嗎？」

「是啊。呃……我也是宅男，常常看輕小說。」

「這、這樣啊。那我剛才就不必慌張地藏書了，啊哈哈。」

學姊露出羞赧的笑靨，想將話題帶過。

看到她的笑容，我不禁心跳加速……可惡，這個人真可愛。

這時，我忽然注意到一件事。

「那、那個，這麼說來，妳搬得動那些書嗎？要從這裡搬回家嗎？」

「啊……呃，應該沒問題。我住在慶花町車站附近，雖然有點遠，但別看我這樣，我的身材很結實喔。」

「咦？是、是嗎？」

「啊，你在懷疑我嗎？真的啦，我的力氣比想像中還要大。你看。」

學姊用可愛的動作展現她的二頭肌給我看。

但那隻手臂看起來白皙又纖細。嗯，這個人是標準的居家型人士。我為什麼會知道呢？

因為跟我很相似嘛。

不過，慶花町車站附近……不就離我家很近嗎？

走到那一帶之後，就一定得爬附近那道相當陡峭的坡道。

而且她還要搬這麼多本書。不管怎麼想，這都不是一個女孩子搬得動的量。

我小心翼翼地提議：

「……呃，不介意的話，我也幫妳搬一點吧？我也要往那個方向，還有腳踏車。」

「咦？老實說，我是很感激啦……但怎麼能這麼麻煩你……」

「沒關係。反正我很閒。」

「可、可是──」

學姊可能覺得再繼續麻煩我不太好意思，只見她搖搖頭。

就在此時──

遙遠的天際忽然劃過一道閃光，把學姊嚇得渾身一震。

隔了好長一段時間後，才傳來轟隆隆的雷聲。

「啊，這麼說來，好像會下大雨……」

天氣預報是說幾小時後會有強降雨，但說不定會提早。

所以，我們不能花太多時間搬這些書。

不知為何，學姊還是一臉膽怯。但猶豫了一會兒後……

她戰戰兢兢地說：

「那、那個，還是請你幫我搬書吧……可以嗎？」

幾分鐘後，我們往慶花町車站的方向邁開步伐。

破損的紙袋已經請書店替換成新的了。我們將紙袋放在腳踏車車籃裡，開始攀爬那道異常陡峭的坡道。

……不過，這個人似乎一點也不怕我。

我往旁邊一瞥，發現學姊看起來滿開心的。就我個人而言，這種感覺非常新鮮。

「……呃，你平常會看哪種輕小說？」

雖然和學姊並肩而行，結果話題還是兜著輕小說打轉。

但老實說，我覺得相當慶幸。畢竟其他話題我也聊不起來。話雖如此，跟初次見面的人一直保持沉默的狀態，未免也太難熬了。

「這、這個嘛，我常看戀愛喜劇和青春題材。比如《GAMERS電玩咖！》、《青春豬頭少年系列》、《果青》、《弱角友崎同學》、《情色漫畫老師》等等……」

說著說著，我往旁邊瞄了一眼，結果和學姊的視線對個正著。

光是這樣，我就說不出話了。

我到底是多不習慣聊天啊……雖然我覺得自己很沒用，但這也不能怪我。如果對方是普通人也就罷了，偏偏是學姊，而且還正到不行。

冰川老師想交個宅宅男友

對我這種孤僻的宅男來說，看著她的眼睛說話，難度實在太高了。

但學姊卻毫不在意，嘴角綻出了愉悅的笑容。

「啊，你剛才說的那些我全都看過了。每一部都超棒的……尤其是《青春豬頭》，最近超級打動我的心。每看一集，我就會不斷被劇情逗笑或深受感動。那個……就算在電車裡，我還是會看到淚流滿面呢。」

「咦？」

「啊！呃，不、不是每次都這樣啦。只是看越多集，那個，情緒就會漸漸代入其中……哈、哈哈。感覺很噁心吧？」

「不，正好相反！我懂，我完全懂！我看這部的時候也哭到不行！而且故事的舞台在江之島那一帶，離這裡很近，我還忍不住去了一趟呢！」

「啊！我也去了！邊走我還邊想著『那些角色也走過這些地方呢』，覺得好開心喔。」

「順帶一提，妳喜歡誰呢？我是學姊派。」

「我的話……雖然很猶豫，但還是喜歡理央或學妹吧。」

「啊～～那兩個人也很棒呢！」

那部輕小說裡的女孩子，為什麼都這麼可愛呢？

啊啊～～如果我在現實生活中也能遇見這麼可愛的學姊，就可以更努力一點了……

「呵呵。」

當我出現輕微的逃避現實症狀時，學姊忽然輕笑出聲。

到底怎麼回事？

留意到我的視線後，學姊雙頰通紅地揮手。

「呃，不好意思。因為我很久沒聊輕小說的話題了，所以，覺得很開心……這、這樣很怪嗎？」

「不，我也有同感……那個，我也聊得很開心。」

可能是因為平常沒有能聊這些話題的朋友，這是我的真心話。

我們互看一眼，並露出一抹淡淡的微笑。

「那就繼續聊輕小說吧。」

「好，我很樂意。」

我微微一笑並用力點頭。

隨後，我們又開始聊起輕小說的話題。

十幾分鐘後，我跟學姊已經完全意氣相投了。

學姊一開始會對我使用敬語，但現在已經徹底變回平輩口吻了。總覺得和她拉近了距離，讓我雀躍不已。

冰川老師想交個宅宅男友

但我依舊用敬語和她聊天。對方一看就知道是學姊，不用敬語感覺也不太舒服，所以應該沒差吧。

回過神來，我們已經跨過這道斜坡了。

再走一會兒就會到我家附近。

這意味著學姊家也越來越近了。

情況允許的話，我覺得幫她搬到家門口比較好……但我們今天才第一次見面，跟到家裡實在滿噁心的。學姊可能會感到害怕。

猶豫到最後，我決定實話實說。

「那個，其實前面那個紅綠燈旁邊的公寓就是我家。」

「咦？啊，那個……我家也在那個紅綠燈附近。」

「什麼？」

我驚訝地看向學姊。

問清楚之後才知道，學姊似乎住在馬路另一頭的那棟公寓裡。

真的假的。根本就是鄰居嘛……天底下會有這種事嗎？

最近人們常常不知道隔壁住了什麼人。即使我不認識學姊也沒什麼好奇怪的。

但住在對面的話，至少會看過一次她穿制服的樣子吧。

大概是我們上學的時間完全不同。

正當我如此心想之際，我們已經來到公寓附近了。

「那個，真的很謝謝你。我一個人應該搬不動，你真的幫了很大的忙。」

「不會，請別放在心上。最後我也是走這條路回家嘛。」

我努力擠出笑容，想讓學姊盡可能別太在意。

可是……這樣一來，我和這位學姊就只能聊到這裡了。

一思及此，我的心就隱隱作痛。

畢竟我在學校也是獨來獨往。別說宅宅朋友了，連一般朋友也沒有——我從來沒和其他人這麼愉快地談論過輕小說。

所以，我好想再跟這位學姊多聊一會兒。

而且，這麼說雖然很俗氣，但因為她太可愛了，所以好想再跟她多相處一陣子。

有機會的話，也希望能和她交換聯絡方式。

……但應該不可能吧。

到最後，我跟學姊還是陌生人。

學校（應該）也不同間——除此之外，就沒有任何共通點了。

正當彼此間瀰漫著離別的氛圍時……

「那、那個，呃……對、對了。」

學姊的臉頰忽然飛上一層紅暈，感覺欲言又止。

怎麼了嗎？我正感到疑惑時，學姊就用手捲弄自己的黑髮髮梢，偷偷看了我一眼。

「那個，我沒幾個能聊輕小說的朋友……所以、呃、其實我還想跟你多聊一會兒。」

「咦？」

「而、而且、對了！你今天幫了我很多忙嘛！所以下次我想找時間回禮給你。」

「請問……可以跟你交換聯絡方式嗎？當然，是在你不排斥的前提之下啦。」

聽到學姊這句話，我驚愕不已。

咦、什麼？等、等一下？到底發生了什麼事？

話雖如此，我當然沒有理由拒絕。

「是、是不會排斥啦……」

雖然猶豫了一下，我還是答應了學姊的請求。只見她馬上露出燦爛的笑容。

接下來的流程相當快速。

學姊雖然有些驚慌，還是馬上拿出智慧型手機，按出行動條碼的畫面。

……交換聯絡方式了。

我的手機上出現了學姊的LINE帳號。

但看到她聲稱是「本名」的那個名字，我還是覺得很不真實。

「那個……改天再聯絡吧。」

「啊，好、好的。」

「那——下次見嘍，『霧島同學』。」

最後她帶著微笑這麼說，便抱著紙袋走進公寓了。

我到現在都覺得很不真實。依照慣例捏了自己的臉頰後，發現會痛。

想當然耳，她那顯示為「冰川真白」的帳號，過了好久都沒有消失。

在聊天視窗中。

【冰川真白】咦?霧島同學也一個人住嗎?

【霧島拓也】妳用「也」這個字?咦?難道冰川姊也是嗎?

【冰川真白】嗯。大概剛好一年前開始自己住。

【霧島拓也】是喔。真巧,我也一樣,正好從一年前開始獨居。

【冰川真白】什麼,連這點也一樣啊?不過,獨居在外的伙食問題很麻煩呢。

【霧島拓也】是啊,沒錯。自己煮應該比較好……但我實在不太拿手(笑)。我都只煮白飯,再買些熟食當配菜。

【冰川真白】啊,我好像能理解你的心情。雖然我也會下廚……但還是有很多麻煩之處。一人份的伙食也會比較貴嘛。

【霧島拓也】對啊。感覺最後也會煮太多……有了這種經驗,就覺得輕小說的主角真的

很強。那些人都理所當然地自己下廚，基本上都不會買熟食來吃耶。

【冰川真白】還連妹妹的份也一起做……

【霧島拓也】沒錯沒錯。輕小說主角的技能果然都很高。

【冰川真白】啊。回歸正題，如果不介意的話——

冰川真白收回了訊息。

……那是怎樣？

她昨晚傳的那個訊息。

我打開ＬＩＮＥ的聊天視窗看了看，卻完全想不通。

手機的待機畫面彈出訊息時，我記得自己還看了一半。但打開ＡＰＰ後，那個訊息卻被收回了……到底是怎麼回事啊？

讓人超級在意。

冰川姊究竟想說什麼呢？

冰川老師
想交個宅宅男友

難道是「以後不要再聯絡了」……之類的嗎？

那我是不是搞砸啦！咦？我之前有傳什麼訊息嗎！

只因為一則訊息（而且還是系統發出的），我不停地查閱過去的對話紀錄，瘋狂猜測冰川姊是不是「話中有話」。

交換聯絡方式後，又過了一週。

隨後——冰川姊主動用ＬＩＮＥ傳訊息給我，再次向我道謝。

從那天起，我們幾乎每天都會閒聊。

話雖如此，也只是一天來回幾則的程度罷了。

不過，和冰川姊聊天果然很開心……而且我的心臟比想像中還要刺痛。

呃，這也不能怪我吧？

活到這把年紀，我卻幾乎沒和女孩子用ＬＩＮＥ聊天過。在這種和女孩聊天無緣的世界中活久了，就算機會忽然從天而降，也不可能駕輕就熟。

但喊出這種示弱發言也無濟於事。

我參考一大堆類似「和女孩子順利聊ＬＩＮＥ的十大心法」的網路文章，不停重複輸入又刪除的過程。斟酌了好幾次，終於勉強達到滿意的門檻後，竟已經過了好幾個小時。

然而，將訊息送出之後，那種感覺又跟先前的不能比。

坦白說——等待冰川姊回覆的這段時間，我覺得自己快活不下去了。要舉例的話，就像一直被死神的鐮刀架住脖子的感覺。

而且等待時間一長，我便開始猜疑自己「可能傳了什麼奇怪的訊息……」，不停檢查自己送出的訊息、深刻反省，想當場自絕身亡。

要是這種時候手機傳來震動，卻是ＬＩＮＥ的官方帳號訊息的話，我——可惡！開什麼玩笑！別在這種讓人誤會的時間點傳訊息給我！

等到終於收到訊息、鬆了一口氣後，我又要開始構思這次要怎麼傳訊息給冰川姊——以下展開永無止盡的循環。

老實說，我覺得有點累。

不過世界上那些現充跟陽光男女居然能若無其事地做這種事……那些人真的很猛耶，心臟到底有多大顆啊？

同時，我也理解到一件事。

果然還是因為跟冰川姊聊天很快樂，才會讓我做出這種事吧。

……嗯，事已至此，我就老實承認吧。我對冰川姊有點動心。

雖然這份感情還沒確切到能下定義的程度，但我的確很想知道她平常都在做些什麼。

當時我根本不知道，光憑這十幾則訊息就會讓我心亂如麻。

冰川老師想交個宅宅男友

說不定我不小心破壞了這麼快樂的互動……

啊——！真是的，我到底幹了什麼好事啊！

從字面上看，實在不覺得她會接什麼難聽的話，可是……啊——我還是在意得不得了！

「——接下來由輔導老師為各位致詞。」

此時傳來了男學生的聲音。

我的意識瞬間被拉回現實。

我正在高中的體育館裡，而目前在舉行結業典禮。

……呃，或許各位會覺得「這種時候不准看手機」，但我就是這麼在意冰川姊，滿腦子都在想這件事。

不過，像這樣心不在焉的人可不只我一個。

明天就要放春假了，周遭的同學們各個魂不守舍，顯得躁動不安。

有人偷偷傳ＬＩＮＥ，更有人直接找隔壁或後面的學生聊天，總之每個人都肆無忌憚在做自己的事。然而……

「唔！」

第二章

「那名女老師走上講台的那一瞬間，這股渙散的氣氛立刻繃緊」。

是雪姬。

隔著黑框眼鏡、被人狠瞪的感覺隨之而來。

這如果是寶什麼夢那個遊戲，防禦力就會往下掉一階，而且對象是這座體育館裡的所有人。什麼啊，這未免也太強了吧。

但實際上，大多數的學生都變得安分許多。

這也難怪，畢竟沒人想被盯上嘛。

尤其我配上這個長相，就會被列為品行不良的壞學生。

在這種情況下，我可不想冒險。

我也仿效旁邊的學生，將手機收進制服口袋後便低下頭，避免和雪姬對上視線。

隨後，雪姬開始致詞——但老實說，我根本聽不進半個字。

我繼續低著頭，一心祈禱這段痛苦的修行能盡早結束。

……不過，升上二年級後，說不定雪姬會變成我們的班導。

真是這樣的話，那也太倒胃口了。我本來就很容易被盯上，如果雪姬是我的班導，天曉得會被她罵成什麼樣。

「——好，結業典禮到此結束。」

冰川老師想交個宅宅男友

在我想著這些事情時，雪姬已經致詞完畢，結業典禮也隨之閉幕。

學生們一個個回到自己的班級。

大家都露出如釋重負，以及對明天開始的春假充滿期待的表情。雖然被雪姬潑了一盆冷水，但對春假的期待似乎不會因此而收斂。

啊～春假的時候我要做什麼呢？

想去看近期上映的動畫電影，通宵打電動也不錯。

玩過FGO之後，我也對Fate原作有點好奇，可以來玩玩看。如果是Vita版，我這個高中生也能玩。聽說遊戲非常有趣，應該可以玩得很開心吧。

天哪，光是想像就讓我期待得不得了！

能不能趕快放學，開始放春假啊——

「喂，霧島，等一下。」

身後傳來一道嗓音。我回頭一看，發現有位戴著眼鏡的老師站在那裡。

篠原涼真。他是數學老師，五官端正帥氣。我還聽班上的女生私底下說他是「會出現在少女漫畫的抖S型男老師」。

不只如此，「我跟這位老師從以前就認識了」。

不過，他怎麼會來找我？

這傢伙在學校裡幾乎沒跟我說過話。

「霧島，抱歉，你現在有空嗎？有件事得告訴你才行。」

「嗯？怎麼了，篠原老師？」

只見篠原老師皺起眉頭。

說出了對我來說絕望至極的一句話。

「呃，因為你快留級了，所以春假期間要來補習。」

我的春假就這麼消失了。

◇◇◇

一小時後的學生輔導室。

雖然因為結業典禮而提早放學，我卻在堆積如山的補習講義前默默地動手解題。

由於春假報銷，我當然完全無法集中精神。

可惡！我本來想狂玩Ｆａｔｅ和大亂鬥的說！

被補習害得全都泡湯了啦！

「是說，我為什麼要補習啊！這次段考我只有三科不及格吧！」

「呃，那就是原因啊。」

冷靜地說出這句話的人就是坐在我對面的篠原老師——涼真。

涼真是我國中時期的家教。

當時涼真還是大學生——但之後就直接進入教職了。

不知是什麼因果使然，我考上的這所高中剛好也是涼真任教的學校。

在那之後，我跟涼真的相處模式依舊和當時沒兩樣。

換句話說，就是資質駑鈍的我一直單方面給涼真添麻煩。

「對了，『拓也』。你不只是這次考差了，上次的成績也不理想吧？每次都考那種分數，當然需要補習啊。」

「那、那……怎麼能怪我啊？這間高中的考試難得離譜，班上同學也太聰明了。正常的高一學生哪會去拚命學習高二的課程啊？」

「你在報考這所學校的時候就知道了吧。」

話是這樣說沒錯，但我很想提出抗議。

畢竟我就讀的慶花高中是日本數一數二的升學名校。

同學們當然都以高偏差值的大學為目標，課程的難度也驚為天人。高一時就要學習高二的內容，在這所學校是相當正常的事。根據我偷偷打聽到的消息，高二似乎就會把高三的課

程全部學完。

像我這種不知出了什麼差錯考進來的學生，在這種學校當然會變成吊車尾。

……但就算沒有這個原因，我平常根本沒在讀書，回家後就一頭栽進輕小說和動畫中直到換日。這樣成績當然不會進步。

而且同學各個聰明伶俐，頭腦的構造顯然與我不同。

相較之下，我……嗯，人果然都有擅長和不擅長的領域嘛。

如同我先前所說，人類本身就有個體性差異，即使付出再多努力，也會有「無法跨越的高牆」。我覺得放棄不擅長的領域，將時間有效運用在其他地方，也是一種人生的選擇。

我也沒有特別想讀國內的頂尖大學。

……話雖如此，留級還是不太好。

我連現在都和班上同學格格不入了。

再留級的話，我的高中生涯可能會一去不復返。

「而且拓也，你除了考試成績之外，生活態度也很糟耶。你記得自己這一年來遲到過多少次嗎？」

「有、有什麼辦法！要看的動畫太多了嘛！還連帶讓我想嘗試露營和重訓呢！回過神來發現自己做了好多事，而且已經半夜了！」

「呃，為什麼只是看看動畫，就會想要嘗試露營和重訓啊？」

涼真有些傻眼地這麼問……咦？會吧？大家都是這樣吧？回過神來才發現自己買了道具，還花了大把時間在網路上找資料吧？

「總之，你別想推卸責任。就因為你老做這些事，才會被一些學生取那種綽號。不想被大家揶揄的話，就稍微拚一點吧。」

「……什麼？等等。我不知道這件事耶。咦？我私底下被取了什麼綽號嗎？」

「啊，那個……」

涼真偷偷地別開視線，可能是沒想到我對這件事一無所知吧。

咦、咦？此話當真？連老師都知道了，可見已經非常有名了吧？因為我沒有那種會通風報信的朋友，所以完全狀況外。

咦？大家都是怎麼稱呼我的啊？

該不會因為我看起來像不良少年，所以叫我「狂犬」吧？

「等、等一下、涼真！告、告訴我吧！大家私底下都怎麼叫我？」

「啊，呃，是一部分的學生啦。只有他們會那樣叫你，我想應該還沒有傳遍全校。」

給出這個前提後，涼真用憐憫的眼神看著我說：

「——我聽說，他們都叫你『劣化版的過氣輕小說主角』。」

「實在太貼切了，根本無法反駁！」

這綽號也太糟了吧！

很久以前確實流行過壞壞的主角！但居然說我是劣化版！那些主角基本上都很聰明又會做家事，我卻什麼都不會，確實是劣化版沒錯啦！但既然要取綽號，就給我來個更帥氣一點的綽號好嗎！

「好啦，既然知道了就趕快解題吧。如果不想再被取這種綽號的話。」

「……可惡！好，放馬過來吧！我一定要擺脫劣化版這個綽號！」

「呃，『輕小說主角』就沒關係嗎？」

涼真好像說了些什麼，但我才不管呢。

輕小說的主角基本上都很厲害嘛。

我鼓起渾身幹勁，努力寫補習講義上的習題……反正無論如何都得把這些做完才行，這樣正好。

就在此時，涼真忽然跟我搭話。

「對了，拓也，可以問你一個問題嗎？」

冰川老師想交個宅宅男友

「嗯？怎麼了，涼真？」

我好不容易提起幹勁了耶，雖然理由有點怪。

剛要開始努力就碰了一鼻子灰，讓我有點嘔氣，但涼真不顧我的反應，繼續問道：

「拓也，你最近是不是怪怪的？」

「咦？……怎、怎麼說？」

「呃，你不是用ＬＩＮＥ問我最近流行什麼衣服，還有要用什麼整理頭髮嗎？我當然會覺得不太對勁啊。」

「是、是嗎？」

我猜之後可能會在外頭和冰川姊偶遇，所以就問了熟人當中對時尚最了解的涼真。這也難怪。畢竟我以前對這方面毫無興趣，他當然會起疑。

「確實有點變化。該怎麼說呢……我有在意的人了。」

「二次元裡的人嗎？」

「別玩這種老套的裝傻好嗎？怎麼可能啊。」

「不，我很認真耶。」

「那你到底把我想成什麼樣的人啦！」

我在他心目中是這種感覺嗎！我在這小子面前確實不會隱藏宅屬性啦，咦，真的假的？

他以為我分不出二次元和三次元的差別嗎！

呃，這不是重點。

我咳了幾聲，連忙轉移話題。

「那個……我是真的有在意的人了。當然是三次元的。」

「……真的嗎？」

「幹嘛懷疑啊？我又沒理由說謊。」

「呃，我沒想到那個拓也會喜歡上別人……發生什麼事了嗎？」

涼真狐疑地問道。

這傢伙到底是多不相信我啊？也罷，跟他說清楚也無所謂。

我開始講述和冰川姊發生的那些事，涼真默默地聆聽，時不時點點頭。

姓名這種私人情報，我當然沒有公開。

解釋完這一切後，涼真的嘴角漾起笑意。

「哦，原來拓也遇到了這些事……嗯～那個拓也啊。」

「什、什麼意思？」

「沒什麼。感覺像在跟弟弟商量戀愛煩惱一樣，感覺很新鮮……所以，那個女孩子把訊息收回後——就再也沒有跟你聯絡了？」

「……對啊。」

「既然沒有繼續聯絡，就表示她不是為了更改錯字才收回訊息吧。既然如此……拓也，你是不是闖禍了？」

「果、果然是這樣嗎？」

這股擔憂一直在我心裡若隱若現……但連涼真都說了這種話之後，感覺這份憂慮馬上就具體化了。

「但我沒有實際看到ＬＩＮＥ的對話內容，這只是臆測啦——如果對方一直沒有傳訊息給你，我勸你最好不要主動纏著人家。」

涼真給了我這個結論。

接受他的建議後，我的心情頓時跌落谷底。

就在此時——

◇　◇　◇

回到家之後——我一個人心慌意亂。

這也不能怪我。因為冰川姊傳了這則訊息過來。

第二章

【冰川真白】霧島同學。今天晚上八點，可以跟你在公寓前碰面嗎？

原本以為她再也不會聯絡我了，我才會開心成這副德性。

可惡，涼真那傢伙居然敢嚇唬我，害我想得太嚴肅了啦。

不過，馬上就要來到約定的晚上八點了。

時間一分一秒地接近。為了穩定心神，我環視了家中一圈。

靜悄悄的房裡只有我一個人在，這裡就是我的家。

因為某些原因，我現在獨自居住在兩房一廳的住宅中。

話雖如此，其實也不是什麼大不了的理由。

只是爸媽長期在海外出差罷了。我雖然有個姊姊，但她也一個人住，我們沒有住在一起。這部分確實很像輕小說主角的設定……但遺憾的是，我的生活並沒有像他們那麼快活。

以學生而言，這種獨居生活的品質已經相當不錯了。

有時候爸媽也會回來啦。

不過住在這棟公寓的人，基本上都有家庭了。想當然耳，獨居的也都是成年人，所以在旁人眼中，他們應該也覺得我是成年人吧。

冰川老師想交個宅宅男友

可能因為我這雙眼睛，才會被誤認為成年人。

「……快八點了啊。」

不對，正確來說應該還有十分鐘左右——但還是提早出門比較妥當。

我換好鞋子，將玄關大門上鎖後，搭電梯至一樓。

但當我來到公寓入口時，冰川姊已經在那裡等我了。

「對、對不起，讓妳久等了。」

「沒事，別放在心上，我只是來得有點早了。況且你又沒遲到。」

冰川姊柔柔一笑。

她的服裝跟初次見面時一樣清純可人。

一襲白色襯衫配上附有荷葉邊的長裙——我對女孩子的服裝實在一竅不通。

而且，總覺得她的妝感比過去還要精緻。

……女孩子好辛苦喔。

都已經這麼晚了，還得頂著全妝赴約。我還聽說妝感會隨著時間慢慢脫落，但冰川姊的妝容卻無懈可擊。簡直就像為了和我見面，還特地重新補妝似的。

這時，我發現冰川姊拿著鍋子。

鍋子裡面……是咖哩嗎？但她為什麼要帶著鍋子來？

察覺到我的視線後，冰川姊緊張兮兮地遞出鍋子。

「那、那個，不介意的話，請你嚐嚐看。呃，希望不會給你帶來困擾……這是上次那件事的謝禮。」

「咦？我、我可以收下嗎？」

「嗯。我早上做太多了，如果你願意品嚐的話，我會很開心。霧島同學，你說過獨居在外開伙很麻煩嘛，而且……啊，但我對味道沒什麼信心，說不定沒辦法當成謝禮。」

「不，沒這回事！看起來超級好吃耶！」

「是、是嗎？……那就好。」

冰川姊將手撫上胸口，如釋重負地鬆了口氣。

我猜得沒錯，鍋裡裝著咖哩，還散發著香噴噴的味道。

雖然分量有點多，不過，嗯，咖哩好像可以放好幾天，我應該吃得完。

而且這是在意的女孩子親手做的料理，怎麼會不開心呢？

「不過妳一大早就會下廚啊？冰川姊果然很喜歡做飯呢。」

「你、你說『果然』……我看起來像很愛做飯的人嗎？」

「嗯？是、是啊。我是這麼認為的……」

「哦，這樣啊。嗯～」

冰川老師想交個宅宅男友

冰川姊撥弄著髮梢，嘴角綻出了愉悅的笑容。

她的反應真是可愛極了。我這麼心想，忍不住繼續說：

「總覺得冰川姊在家裡也過得很有儀式感。我才會從妳身上散發的氣息，擅自猜測妳是個愛做飯的人。」

「這、這樣啊……不、不過，嗯？應該八九不離十啦。」

「是喔！果然跟我想得一樣，冰川姊的生活方式就像個俐落能幹的成年人！」

我才剛說完，冰川姊就「唔」了一聲，頓時變得愁眉苦臉。

……怎麼回事？但她已經恢復原先的表情，可能只是我看錯了吧。

總之我沒放在心上，接著問道：

「難道冰川姊在家裡也會將自己打理得井然有序嗎？」

「對、對啊……可以這麼說吧。」

「休假時也不會疏忽大意，都穿著時髦的衣服嗎？」

「呃。」

「感覺妳對房間擺設也很有自己的想法，相當有品味。」

「……唔！」

「而且妳每天都會下廚，廚房應該也整潔又乾淨。像我這種散漫的傢伙，應該向妳多多學習——對了，冰川姊，妳從剛剛開始就怎麼回事！臉色好像很痛苦耶！」

「沒、沒事。真、真的沒什麼，別在意。」

「是、是嗎……」

「嗯，只是有點想死而已。」

「狀況滿嚴重的耶！」

沒問題嗎？難道她剛才是在強忍痛楚，才會露出難受的表情嗎？既然冰川姊一直說自己沒事，那應該沒什麼大礙吧。

但我低頭看著鍋子，說道：

「不過，既然收下這個謝禮，我也得回禮給冰川姊才行。」

「咦？不、不用啦。說到底，本來就是我接受了你的幫助。」

「可是……」

總覺得我的協助配不上這份謝禮耶。不，可能是我把冰川姊的手作料理看得太貴重了。

但是……

就在此時。

冰川姊忽然抬起頭，似乎想起了什麼事情。

「……那、那個，霧島同學。既、既然如此，我可以提出一個任性的要求嗎？」

「嗯？當然可以啊……」

「這、這個嘛……其實我喜歡的一部動畫作品，最近要跟咖啡廳舉辦聯名活動。我真的很想去，但一個人實在提不起勇氣……」

「……那個，如果可以的話，要不要一起去呢？就當作霧島同學給我的回禮……」

冰川姊的雙頰染上紅暈，小心翼翼地看著我。

我倒吸了一口氣。畢竟這句話聽起來就像「請跟我約會」。

冰川姊連忙揮揮手。

「抱、抱歉，我忽然說了這種奇怪的話。果、果然不行吧——」

「不、不是的，沒關係！一、一起去那間咖啡廳吧！」

「真、真的嗎？」

我話還沒說完，冰川姊就雀躍地將臉湊近我。

但可能是覺得自己反應過度了，冰川姊又急忙縮起身子，摸摸自己的頭髮。

「……那就說定了。啊，吃完之後跟我說一聲，我再過來拿鍋子。」

「不、不用，我拿過去吧。」

「是、是嗎？那就麻煩你了。」

冰川姊呵呵笑了幾聲，嘴角綻出了笑容。

隨後，她帶著一抹溫柔的微笑說：

「先這樣吧。晚安，霧島同學——我很期待下次的出遊喔。」

冰川老師
想交個宅宅男友

第三章

春假期間，週六。

今天我要和冰川姊一同出遊。

不知為何，早上一醒來，就看見童年玩伴（女）擅自闖進我家。

……呃，我很想當成假的，但這是事實。

而且她還毫不在乎地用手機看影片，一整個很放鬆。

「啊，拓也哥。你終於起床啦？早啊，我過來玩嘍～」

乍看之下充滿活潑開朗氣息的這名少女，懶洋洋地翻了個身。

長度及肩的頭髮染成淺色，用髮圈束著。

長相介於成人和孩童之間，一般應該會被歸類在可愛型。

但我跟她認識很久了，所以沒什麼概念。

裙襬下那雙健美十足的雙腿非常吸睛。因為腳一直動來動去，感覺內褲都快走光了。

這傢伙叫做小櫻木乃葉。

冰川老師想交個宅宅男友

她就是所謂的童年玩伴——但小我一歲。勉強算是國三生，今年春天就要變成青春洋溢的女高中生了。

她也是我承租的這間房子的房東的獨生女。

木乃葉會出現在我家老實說並不稀奇。

為了用我家的Wi-Fi，這一年她時不時就會跑過來玩，似乎是想用手機看影片。為了打遊戲，我家綁了高速網路的約，對她來說應該很方便吧。

所以木乃葉待在我家很正常。

更進一步地說，她擅闖我家這一點也已經是家常便飯了。她利用自己是房東獨生女這個特權，擅自跟爸媽借備用鑰匙跑來我家玩。我姑且有在提防她……但效果就如各位所見。

因此事到如今，這些都無須再提。

……這傢伙今天來幹嘛啊？

只是要看影片的話，不必選在今天也行吧。

今天我和冰川姊有約，老實說，我想集中精神準備。

我用狐疑的眼神看著木乃葉，結果她氣呼呼地抓著裙襬往下拉。

「喂，拓也哥，你怎麼從剛才就色瞇瞇地看著我啊？別因為我可愛就做這種事好嗎？」

「啥？妳怎麼會覺得我在看妳的內褲？」

第三章

「你什麼意思啊！」

哪有什麼意思，就是字面上的意思啊。

這傢伙的內褲我早就看膩了，就算看到也不會有任何遐想。

就跟看到妹妹的內褲一樣無感。

雖然我沒有妹妹，只是憑想像說就是了。

話說回來，不要說妳自己很可愛好不好？

「……對了，木乃葉，妳來幹嘛？」

木乃葉用怨恨的眼神瞪著我看，嘟起嘴說：

「這口氣是怎樣？難得我今天想來邀請拓也哥的說。」

「邀請？」

「對呀。今天要不要跟我約會呀♡」

「不要。」

我馬上回答。

木乃葉不悅地鼓起雙頰，拉著我的手臂搖來晃去。

「咦～為什麼～可以跟我約會耶？一起出去玩嘛～」

「我從以前就覺得妳對自己的評價是不是太高了點……」

冰川老師
想交個宅宅男友

「走啦～可以全程都讓拓也哥請客啊～」

「可以讓我請客是什麼意思！結果這才是妳的目的喔！」

「反正你待會兒也只是要看那種噁心的小說嘛。那也可以陪我出去玩啊。」

「注意妳的用詞！在妳這種人眼中，或許是很噁心沒錯啦！」

那些好歹也是我最喜歡的作品。

聽到惡意的批評，我還是會覺得很不爽。

「不是這樣啦。單純是因為我等一下有事，所以沒辦法去。」

「咦？但不就是要看動畫之類的嗎？」

「我才不會因為那種事拒絕妳！」

我是基於一般常識這麼說，木乃葉卻搖搖頭。

「哪有，你常常這樣啊。至少超過五次了吧。」

「咦，有嗎……？」

「對啊，我記得兩週前才因為這樣被你拒絕。雖然聽不太懂，但你當時說有什麼馬拉松連播，不能拖太晚之類的。」

「…………啊，真對不起。」

我想起來了。我的確說過這種話拒絕她。

但也不能怪我啊。《命運石之門》的馬拉松連播耶，肯定會想看吧？當然要看吧！

「總、總而言之，這次不是要看動畫，是真的有事要做。」

「那就告訴我啊。騙我的話，我會生氣喔。」

木乃葉對我投以冰冷的視線，彷彿在說「要是敢騙我，我會狠狠鄙視你」。

如果對她的視線毫無抵抗力，心靈就會遭受挫折。

但畢竟我這次是真的有事。

於是我自信滿滿地回答：

「其實我要跟在書店認識的女孩子出去玩。」

「……爛透了。你就這麼不想跟我出門，不惜撒這種謊嗎？拓也哥，我看錯你了。」

「我沒有騙妳啊！」

木乃葉用看著髒東西的眼神盯著我，我奮力向她大吼道。

「哈？拓也哥要跟在書店認識的女孩子出去玩？你以為我會相信這種鬼話嗎？」

「我知道妳想說什麼！但我說的話句句屬實！」

我的語氣變得更加激昂，木乃葉卻傻眼地嘆了口氣。

「……好好好，既然拓也哥都說到這個份上，我明白了，我也會相信你。」

「真、真的嗎？那就好——」

「你要跟？在書店認識的？女孩子？出去玩吧？」

「妳根本不相信我啊！」

「拓也哥，總之先去醫院吧，我們到時候再談。」

「我要跟認識的女孩子出去玩這件事有這麼嚴重嗎！」

她完全不肯相信。

我氣得半死，便讓她看看我和冰川姊的聊天畫面。

「喏，妳看！我沒有騙人吧！」

「好好好，也不必讓我看這種…………咦，不會吧，真假？拓也哥說的是真的耶！」

「我一開始不就說了嗎？」

「……拓也哥，發生了什麼事？」

木乃葉用懷疑的眼神盯著我看。

她跟和涼真一樣，從頭到尾都在懷疑我。這些人真的很不信任我耶……

於是我將目前為止發生的事娓娓道來。

聽完後，木乃葉「哦」了一聲，給出這種似懂非懂的答覆。

她的反應比我想像中的還要冷淡。這傢伙到底怎麼回事？

「……這樣啊，拓也哥要跟女孩子出去玩。這似乎是件好事。」

「喂，木乃葉？妳怎麼了？」

「沒有啊，沒什麼事～」

木乃葉笑得一臉燦爛。

不對，絕對有事吧。她剛才顯然在碎碎唸些什麼。

也罷，既然她要我別放在心上，那就照辦吧。

「對了，拓也哥對那個人有什麼想法？」

「妳、妳問我有什麼想法……這、這個嘛，該怎麼說……」

「你喜歡她嗎？」

「嗚！咳、咳咳咳！」

她問得太直接，害我忍不住狂咳。

「……唔哇，真好猜。喂，口水很髒耶。」

「對、對不起……都怪妳說那種奇怪的話。」

「我也沒打算說奇怪的話啊。不過，哦，原來如此……拓也哥，你喜歡那個人啊？」

「我、我又沒說到那種程度！但我承認自己有點在意她啦……」

我的臉都熱起來了。

唔哇，原來被人發現自己對她有意思，居然這麼羞恥啊。

因為我跟這傢伙認識很久了，感覺更加羞恥。
不過，既然曝光了，那也沒辦法。
畢竟不會比現在更丟臉了，我只好把想問的事情問清楚。
「……那個，我想找妳商量一下。」
「什麼事？」
「如果，我是說如果喔？要是我想跟那個人更進一步，想和她交往的話……我、我該怎麼做才好？」
「咦？拓也哥，你這麼喜歡她喔？」
「不、不是啦！這只是假設！」
「假設啊……拓也哥，你今天不是要跟她出去玩嗎？那跟她告白就好啦？」
「妳在說什麼啊！」
她說得實在太隨便了，讓我不禁大吼出聲。
「我、我剛才不是說了嗎？我們前陣子才第一次見面耶！」
「戀愛哪有分時間早晚啊。哪怕相遇的時間是在一天前、一週前，還是一秒前，告白的時機也沒有硬性規定啊。」
不。

我覺得一秒前應該不行吧。

「呃，可是，應該要出去玩個三次，再來說這種事吧？」

「咦？拓也哥，你有勇氣邀她約會三次嗎？」

「唔……」

確實沒有。

雖然這番話正確到讓我啞口無言——但不要當著我的面說這種狠話啦！

難得提起的勇氣感覺都要化為泡影了！

「反正拓也哥也不會欲擒故縱吧？就像個傻瓜一樣丟直球告白，應該最適合你喔？」

「呃，居然說『像傻瓜一樣』……」

「我先提醒你喔，別以為女孩子會等你一輩子，那只是幻想而已。其他男生才不會放過可愛的女孩子呢。」

「唔。」

「吃我這招吧，『正妹基本上都有男朋友』光波！」

「別說這種話啦！」

我知道！我當然知道！

我就是不想做這種設想嘛！

但木乃葉的建議或許沒錯。

我沒有戀愛經驗，自然不會玩欲擒故縱的把戲。

既然如此，我應該照木乃葉的話去做。

此時，木乃葉抬眼盯著我的臉說道：

「不過，就算失敗了也無所謂。」

「咦？」

「如果你被甩了，我可以當拓也哥的女朋友，好好安慰你喔。」

木乃葉帶著小惡魔的笑容，在我耳邊輕聲呢喃。

我可以當拓也哥的女朋友，好好安慰你喔。

聽到這句話，我嚥了口口水。

我跟這位童年玩伴認識太久了，從來沒把她當成異性看待。

連這種女孩子說的話都會讓我有所反應，這就是男人的本性嗎──

「當然，如果拓也哥願意每個月在我身上砸五萬日圓就好了。」

「妳去跟ATM交往吧。」

我語帶唾棄地撂下這句狠話。

第三章

◇　◇　◇

「……真是的，木乃葉那傢伙盡說些奇怪的話。」

過了幾小時後。

我正往氣氛閒適的慶花町站前進。

當時思考要在哪裡會合時，因為我們都住在慶花町站附近，於是決定在車站集合。雖然車站不是我們的目的地，但因為我們住得很近，也沒必要特地約在當地集合。

所以我現在正走向慶花町站……但我卻一直走不到集合地點。

原因很簡單。

因為中途我一直跑進廁所，檢查自己的髮型和服裝。

呃，我這凶神惡煞的臉當然不可能因為髮型和服裝就有所改變。但、但我還是想保持在最佳的狀態啊！你們懂吧？大家肯定都會這麼做吧！

即使如此，我還是緩緩走向集合地點——車站的派出所前。

結果我太早出門，提前三十分鐘就來到派出所前了。

……糟糕，怎麼辦？冰川姊應該還沒到吧。但我也不知道該去哪裡打發時間。

總之先去站前的書店吧……看看輕小說，應該能讓自己冷靜下來。

冰川老師想交個宅宅男友

在心中暗自決定後，我便往站前的書店走去。

「……咦？」

這時，一道人影忽然闖入我的視線。

是冰川姊。

明明離約定時間還有三十分鐘，她卻已經站在集合地點附近的柱子旁邊了。

每隔幾秒，冰川姊都會躁動不安地將臉轉向旁邊那棟建築物的窗玻璃。雖然隔著一段距離看不太清楚，但她似乎唸唸有詞地撥弄著頭髮。

呃……她在做什麼啊？

總之，為了跟她搭話，我慢慢走了過去。

距離縮短到一定程度後，我就能聽見冰川姊的聲音了。

「……呃，穿、穿這樣不會很奇怪吧。但願霧島同學不會討厭這身裝扮……嗯，髮型也沒問題。」

冰川姊不停對著窗玻璃確認自己的儀容，還用手梳理頭髮。

接著，她用手指抬起嘴角，對著窗玻璃露出柔柔一笑。

就在此時。

我和露出柔和笑容的冰川姊隔著窗玻璃四目相交了。

「…………」
「…………」
「那個……」
「什、什麼？我才剛到沒多久，霧島同學也是嗎？」
「不，可是冰川姊剛才——」
「我才剛到沒多久，霧島同學也是嗎！」
完全不給我發言權。
冰川姊面紅耳赤，眼眶含淚，渾身抖個不停。
還是別繼續深究這個話題比較好。
這時——
我第一次認真端詳冰川姊今天的穿著。
她穿著充滿春天色調的素雅洋裝，跟以往的打扮稍有不同。
感覺像溫柔又成熟的姊姊風。老實說，這身裝扮完全是我的菜。
我不禁看得入神。
發現我的視線後，冰川姊害羞地看向自己的衣服。
「那、那個……好、好看嗎？這件是朋友推薦的，平常我幾乎不穿洋裝，所以不太懂

冰川老師想交個宅宅男友

……很、很奇怪嗎？」

「呃、呃……那個，我沒什麼時尚細胞，不知道最近流行些什麼……但是我覺得非常可愛喔。」

「～～唔！是、是嗎？謝、謝謝你。」

冰川姊可能覺得不好意思吧，連耳際都一片通紅。嘴角也因為開心而動個不停。

明明是很笨拙的一句話，她卻表現出這麼雀躍的樣子，讓我有點害羞。

我也覺得臉頰熱起來了。

「那、那、差不多該出發了。」

只見冰川姊的臉依舊紅潤，但帶著一抹溫和的微笑對我說：

「霧島同學，今天請多指教。」

隨後，我們前往東京電訊站。

或許很多人不知道東京電訊站在哪裡——說白一點，就是最靠近台場的車站。如果不知道台場是什麼，只要記得那是「現充和陽光男女的群聚之地」，能避就避就行了。

我跟冰川姊就是到這種地方來玩啦。

不過到目前為止都進行得很順利，連我自己都嚇了一跳。

別說我這種毫無戀愛經驗的人了——就連完全沒跟別人出去玩過的人都會覺得很稀奇。

單純是因為冰川姊是個好女孩吧。

可是……

「……咦？唔哇，下雨了……」

走出車站後，戶外不知何時下起雨來了。

而且雨勢還不小。雖然可以為了避免淋濕而用走的——但雨下得這麼大，絕對是撐傘比較妥當。

……可是，我有帶傘嗎？

我不記得有在包包裡放傘。完、完蛋了。我把注意力都放在服裝上，沒能確認氣象。沒想到在這時發生意料之外的狀況……

我在包包中摸索了一陣子，裡面當然沒有放傘。

「你是不是沒帶傘？」

啪沙——頭頂上忽然張開了傘面。

身旁的冰川姊撐起了摺疊傘。

她動作俏皮地歪著頭說：

「……霧島同學，如果你沒帶傘，要不要和我一起撐？」

「不、不用了，沒關係。這把傘很小，我擠進去的話會害冰川姊淋濕的。我、我淋點雨無所謂。」

「那怎麼行。不小心感冒了怎麼辦？」

冰川姊瞪了我一眼，像是在責備我似的。

但看起來一點也不可怕，不如說連生氣的樣子也可愛極了。

我沒辦法直視冰川姊，只好撇開視線。

「可、可是，這把傘真的很小——」

「別再推拖了。而且不必擔心傘的問題，只要貼緊一點就夠兩個人撐了。你看。」

說完，冰川姊就緊緊挨著我，彼此的肌膚都快貼在一起了。

完全進入傘下後，她微微一笑，彷彿在說「我說得沒錯吧？」。

得意什麼啊！

這樣確實不會淋濕，但我快緊張死了，哪有時間管這些啊！

而且總覺得有種好聞的香氣！時不時碰到我的手臂也很柔軟！

「那、那個……至少讓我拿傘吧。單純待在傘下，我有點過意不去。」

「是嗎？那就拜託你了。拿去。」

第三章

我接過了冰川姊遞出的傘。

接著，我們雖然一起在傘下走著，但可能是因為從沒經歷過這種事，我完全不知道怎麼拿才能順利擋雨。我拚命移動傘的位置，但每次都會讓彼此肢體相觸。結果我太過緊張，拿著傘的手不禁微微發抖。

咦？該、該怎麼做才不會讓冰川姊淋濕呢？

「霧島同學？不用一直把傘往我這裡挪呀，你的肩膀都淋濕了。」

「雖、雖然妳這麼說，但畢竟是跟妳借的傘……」

「呵呵，別這麼客氣啦。而且我這邊的空間還很大，所以，過來吧。」

冰川姊美麗又纖細的玉指輕輕移動我拿著傘的手。光是這樣，我就覺得自己的臉頰溫度上升了。

……是說，這就是所謂的愛情傘吧。

咦？這種事可以說來就來嗎？我、我會這麼在意，是不是有點奇怪？

冰川姊完全不以為意嗎？

我偷偷瞄了隔壁的冰川姊一眼——

「……………（臉紅&僵硬）」

只見冰川姊渾身僵直，彷彿現在才發現自己做了什麼好事。

冰川老師想交個宅宅男友

明明是自己主動，卻一副羞澀的模樣。

冰川姊依然滿臉通紅，害羞地勾起一抹微笑。

「總、總覺得好害臊喔。到剛剛為止才在聊天，卻忍不住緊張起來……」

「就、就是說啊。」

「………」

「………」

我們陷入了沉默。

該怎麼說，有種喜悅和羞恥各占一半的感覺……講白一點，真的太害羞了。

但越在乎這一點，手上的傘就晃動得越厲害。我想盡辦法努力撐著，至少別讓雨淋到冰川姊，結果變成我淋濕了。

就在此時。

「唔！」

冰川姊忽然往我身上貼近。

沒有一絲縫隙，徹底緊貼。不僅如此，甚至連接觸的每一處都傳來微微的熱度。

咦、咦？冰川姊怎麼會做這種事？

我內心的警鈴大作，冰川姊則面紅耳赤地瞥了我一眼。

第三章

「那、那個……這樣就不會再被雨淋濕了嘛，對吧？」

「說、說得也是。」

我不停點頭。

我沒搞懂冰川姊這個舉動的本意為何。

不過，總之我現在很感謝這個偶然誕生的愛情傘。

在愛情傘的狀態下又走了十分鐘——

我們來到了今天的目的地，和動畫聯名的那間咖啡廳。

一走進咖啡廳，迎接我們的便是依照動畫世界觀打造而成的景象，彷彿只有這間咖啡廳變成了異世界似的。

在此補充，和這間咖啡廳聯名的是名為《碧藍奇蹟》的動畫作品。雖然是原創動畫，卻擁有超強的粉絲熱度，已經製作到第三季了——前陣子還出了劇場版，是人氣銳不可擋的超強作。

劇情也稍作說明——雖然《碧藍奇蹟》夾雜許多奇幻要素，卻是以現代為舞台的群戲。主線是戰鬥，卻也包含了喜劇、青春、友情與戀愛要素。

冰川老師想交個宅宅男友

有點像會在某少年漫畫雜誌上連載的作品，但劇情是以帥氣的男性角色為中心發展，所以相當受女性歡迎。話雖如此，在男性之間的人氣也不低，不論男女都能樂在其中。

冰川姊應該有事先預訂，當我們一走進咖啡廳，就很順利地被店員帶向座位。

店裡的用餐區也充滿了動畫世界觀的布置。

每個座位似乎都是按照《碧藍奇蹟》的某個場景布置而成。

在店裡繞了一陣子，我們抵達的是──

「咦？這是不是動畫十六集出現的那個教堂？」

這就是所謂的包廂吧。

房間裡像ＫＴＶ一樣，擺放了大小不一的沙發和桌子，內部裝潢是模擬動畫場景打造而成。這跟動畫裡出現的「教堂」未免也太像了。冰川姊說她一直很想來一次，我完全能理解她的心情。

「呵呵，好厲害喔。我第一次在網路上看到的時候，也嚇了一跳呢。」

看到我不停喊著「超酷！好猛！」這種小學生等級的感想，冰川姊露出微笑。

但她的雙眼也像孩子般閃閃發亮。

嗯，看來冰川姊也很興奮。我懂。看到如此精緻的場景還原，阿宅就會變成這副德性，無可避免。

第三章

「霧島同學，請坐吧。」

「喔，好啊……………咦？」

「嗯？怎、怎麼了，霧島同學？」

冰川姊有些疑惑，卻紅著一張臉歪頭問道。

即使如此，我心中還是忍不住湧現疑問。

「因為冰川姊理所當然地坐在我旁邊」。

……呃，對面的位置確實很小，也沒規定不能坐我旁邊。可是坐在一起，兩人勢必會靠得很近。

我忍不住指著對面的座位說：

「那、那個，冰川姊……那邊的座位比較寬敞喔？」

「嗯，對啊。」

「…………」

「…………」

她居然無視我。

咦？等一下，這合理嗎？

還是一般人看到這種座位都會坐在一起，只是我不知道而已？

冰川老師想交個宅宅男友

「……咦？那個，冰川姊？為什麼要坐我旁邊？那邊的位子是空的——妳為什麼忽然把包包放在對面的座位上？而且還是我講了這句話之後才放的？」

「來，霧島同學也把包包給我吧，我幫你放。」

「謝、謝謝妳。可、可是，我跟冰川姊都可以把包包放在腳邊的置物籃啊——」

「店員，不好意思。可以幫我把這個收走嗎？（將置物籃交給店員）」

「冰川姊，妳到底為什麼這麼堅持想把包包放在座位上啊！」

搞不懂！我完全搞不懂冰川姊！

但把包包放在對面座位後，冰川姊便一副「沒辦法，只能坐這裡了」，坐在我旁邊。

……嗯、嗯。一定是我太奇怪了，才會一直在意這件事。

這種距離感一定是正常的，只是我太沒經驗、一無所知而已。

我也做好心理準備，決定直接坐在冰川姊旁邊……但碰到她的肩膀和手背時，我還是會坐立不安。

冰川姊是怎麼想的呢？

我心生疑惑，便小心翼翼地瞄了冰川姊一眼。

「…………（臉紅&僵硬）」

不知為何，冰川姊渾身僵直地坐在位置上。

她像撐愛情傘的時候一樣，整個人僵成一塊石頭。

不僅如此，她的臉還冒著熱氣，感覺像發燒了。

「那、那個，冰川姊，妳沒事吧——」

「嗯、嗯，沒事。只是因為一起坐在狹窄的地方，體溫有點上升而已。」

「那就更應該坐對面那個座位才對啊！」

但冰川姊還是堅持不退讓。

算、算了，我是無所謂啦……但靠這麼近，我真的會會錯意耶。

可能是意識到這件事的影響，我們之間的氣氛變得怪怪的。

這個時候，冰川姊忽然抬頭提議道：

「那、那、總之先點餐吧。霧島同學，你想吃什麼？」

「也、也對。我看看，有什麼可以吃呢？」

為了轉換心情，我看向菜單。

在那之後，或許是習慣距離很近了，我們看著菜單並開心地討論。

三十分鐘後，我們吃完了輕食。

我們點的是以動畫角色為發想的午間套餐，還附贈角色的杯墊作為特典。光是這樣，我就覺得來這一趟值得了。

是說待在這裡，就不禁會讓人聯想到動畫的一切呢。

「……總覺得待在這裡，就會想起動畫的情節呢。」

「咦，霧島同學也是嗎？其實我也有同感。」

說出這個感想後，冰川姊笑了起來，就像找到惡作劇同夥的孩子似的。

我說：

「《碧藍奇蹟》第十六集，就是這個包廂的設計靈感的那一集，我覺得很精采。」

「啊，霧島同學也這麼想嗎？對、對啊。尤其是亞勒斯在教堂前跟賽蕾絲提亞告白的那一幕，真的很動人。」

冰川姊瞇起雙眼，似乎在回想劇情。

她好像對那一集情有獨鍾。

順帶一提，亞勒斯是《碧藍奇蹟》中的主要男性角色，外型帥氣。

這個角色雖然看起來像個小混混，個性也很狂傲，但本性卻非常溫柔。超受女性觀眾歡迎，也難怪在故事中會被重點描寫。

冰川姊開心地繼續說道：

「亞勒斯本來是貧民窟裡惡名昭彰的不良少年，被大小姐賽蕾絲提亞撿回去後就洗心革面。之後雖然接下了專屬隨從的工作，卻壓抑不住自己對賽蕾絲提亞的愛慕——最後終於向

她告白。實在太精采了。」

「對啊！在教堂前送戒指那一幕也很感人。」

「我懂我懂。而且那還不是普通的戒指，是亞勒斯從小就不離身的母親的遺物，表示他很重視賽蕾絲提亞，這一點也很棒。」

冰川姊說得熱情激昂，似乎非常喜歡這個細節。

但可能覺得自己反應有點過度，冰川姊猛然回神，仰起頭用手搧風，不好意思地說：

「對、對不起，我有點激動……因為對我來說，《碧藍奇蹟》是一部很特別的動畫。」

「特別的動畫？」

「嗯。《碧藍奇蹟》是我第一部看的深夜動畫，也是第一次這麼喜歡的動畫。所以在過去看過的作品中，這大概是我最愛的一部。尤其是剛才說的第十六集。畢竟我的本命是亞勒斯嘛。」

冰川姊說話的口氣有些害羞，卻十分堅定。

光憑這一點，就知道冰川姊真的很愛這部動畫了。

或許是因為這樣，我才會忍不住說出這種話。

「跟冰川姊這樣聊下來，我便久違地想看動畫了。我以前也很喜歡動畫，甚至會買光碟來收藏，但已經很久沒看——」

「真的嗎？我這裡有影片，要不要現在來看？」

冰川姊忽然變得很起勁。

我還沒回答，她就不停地往我身邊湊近。

可能因為是沙發席的關係，現在就像緊貼著彼此而坐似的。

咦？太、太近了！還、還是稍微離遠一點……

「那、那個，冰川姊……呃，距離有點……」

「嗯？距、距離怎麼了嗎？我只是因為等一下要跟你一起看動畫，才會靠近你啊？」

冰川姊不解地歪著頭。

但她嘴角的笑意卻有一絲小惡魔的氣息，或許是我的錯覺吧。不對，這應該不是錯覺。

……但另一方面，冰川姊也因為羞澀而滿臉通紅就是了。

這時，冰川姊已經將看動畫的前置工作準備完畢。

她將耳機插進手機，自己拿著其中一邊。

「來，霧島同學，你戴這邊吧。」

並將另一邊耳機遞給我。

呃、呃……這是要我戴上耳機的意思嗎？

咦？說真的，冰川姊從剛剛開始是怎麼回事？我越來越不清楚什麼程度才算正常了。像

這樣共享耳機是正常的嗎？還是我想太多了？

「……嗯？霧島同學不看嗎？」

見我渾身僵直，冰川姊便勾起一抹小惡魔的笑容這麼問——不過，聽起來似乎也鼓足了全力。

……啊～這樣太狡猾了吧。

看到她用這麼可愛的反應說這種話，根本沒有拒絕的選項啊。

「那就把影片打開嘍。」

等我們倆都戴上耳機後。

冰川姊將手機放桌上，用影片串流網站播放《碧藍奇蹟》——但其實我根本無心觀賞。

可能是因為共享耳機的緣故，我們的距離比剛才還要貼近，能隱約聞到舒服的香氣，手臂上時不時還會傳來柔軟的觸感——呃，哪有辦法集中精神啊！

在這種狀況下，我要怎麼沉浸在動畫劇情當中啦！

我偷偷往旁邊一瞥，發現冰川姊正情緒亢奮地為我解說細節。

她的情緒隨著動畫劇情上下起伏，真是可愛極了。我一邊這麼心想，不知不覺間也逐漸被動畫吸引。

——或許現在的我還很弱小，沒辦法守護妳。

——但我會拚命鍛鍊、奮發努力，未來一定會變得更強。

——所以，請妳嫁給我吧。

現在螢幕上正在播放我們剛才聊過的那一幕——亞勒斯的告白場景。亞勒斯在景緻優美的莊嚴教堂前，將戒指交給女性角色。

這一集播出時，這個場面廣受好評。

或許是這個緣故吧，冰川姊因而興奮地說：

「吶吶，不覺得這一幕很讚嗎？霧島同學也這麼認為吧？」

「是、是啊。」

「不管看幾次都覺得精彩……只要一次就好，我好想像這樣被求婚看看喔。霧島同學，你也這麼覺得吧？」

「這倒是不會！」

看到男人主動求婚的場面，我怎麼可能心生羨慕。不過我覺得這一幕很經典。

我們就像這樣，一邊交流心得一邊欣賞動畫——

回過神來，已經開始播放片尾曲了。

冰川老師想交個宅宅男友

見狀，冰川姊「呼」地嘆了口氣。

「霧島同學，可以的話，要不要繼續……看下一集……？」

聞言，我頓時一僵。

可這不能怪我……因為共用一副耳機的關係，我跟冰川姊的距離已經近到能吻上彼此的程度了。好幾次我都想開口，但冰川姊好像很開心的樣子，我才選擇沉默，忍著沒打斷她。

「啊、啊……我、我……」

冰川姊也渾身僵住，彷彿事到如今才意識到現狀。

她頓了一會兒，便一把抓起手機，氣勢驚人地猛然站起身。

「我、我稍微離席一下！對、對不起！」

說完，她就急忙衝出去了。

……只是看個動畫而已，我卻已經筋疲力盡。

我輕輕地嘆了一口氣，讓全身靠在沙發上。

在那之後，我們又去了好多地方。

一起去電子遊樂場玩射擊遊戲。

在書店跟對方介紹自己推薦的輕小說。

還在動漫店暢聊各種周邊話題。

然後——

「呵、呵呵……冰川姊，妳那時候被遊戲裡的殭屍嚇死了，玩得超爛耶。」

「討、討厭、霧島同學！我剛才不是說了嗎！只、只是那時候狀態不太好而已！」

「知道了、知道了，因為妳狀態不太好嘛。」

「真是的……霧島同學根本不相信我吧。你再繼續嘲笑我的話，我會生氣喔？」

「對不起。總覺得冰川姊的反應比想像中還要有趣嘛……這個遊戲的獎品送給妳，原諒我吧？」

「不行，絕對饒不了你。獎品我姑且先收下了。」

說完，冰川姊將臉撇開，像個孩子般鬧起彆扭。

但跟她相處到現在，我知道她是故意的。

這場小鬧劇讓我和冰川姊都嘴角失守，同時笑了起來。

在那之後又過了幾小時。

如今我們正在回家的路上。和冰川姊並肩而行時，我抬頭一看，發現一輪皎潔明月懸在黑暗的天際。

冰川姊輕笑幾聲，彷彿在細細回味般說道：

「……今天能和霧島同學一起出來玩，真的好開心喔。謝謝你，霧島同學。」

「不會，我也玩得很高興。我才要向妳道謝。」

「呵呵。自從認識霧島同學後，總有各種開心事……真的很慶幸當時能遇見像霧島同學這樣的男孩子，還能像今天這樣聊宅宅話題。」

「唔……」

冰川姊露出柔和的微笑，似乎毫無自覺，但她說出口的台詞卻因此充滿了破壞力。

原來她還有這一面……能殺人於無形之中。

就算我會錯意也不足為奇。

可是……雖然今天就到此結束，但照這個情況看來，我應該還能和冰川姊繼續見面。即使木乃葉要我今天「告白」，倒也不必急於一時。那個，嗯，我會這麼焦慮也在所難免。但絕對不是因為我害怕向她告白。

可是……

——我先提醒你喔，別以為女孩子會等你一輩子，那只是幻想而已。

——其他男生才不會放過可愛的女孩子呢。

第三章

「……霧島同學？你怎麼忽然停下腳步？」

「呃、不，沒什麼。」

冰川姊不解地盯著我瞧，我勉強地用笑容回應她。

沒錯。

我現在或許和冰川姊處得不錯——但也無法保證這份關係能持續一輩子。自然結束的可能性反而比較高。

「不僅如此，冰川姊和其他男人交往的可能性遠高於此」。

一思及此，我的心就隱隱作痛。

不知不覺間，我們已經走到彼此居住的公寓前了。

「那差不多……該道別了。」

冰川姊微微一笑。

但她的腳步卻停滯不前。

到底怎麼回事……？

我疑惑地看著她，她也揚起視線盯著我瞧。

「那、那個……我有事想跟你說。」

冰川姊的臉頰燒紅一片。不僅如此，或許是因為緊張，她的眼神慌忙地在四周游移，嘴巴微微地開闔。

我嚥了口口水。

因為她的表情，簡直就像馬上要告白的樣子——

但她沒有繼續說下去。

「——不，還是算了。」

過了一會兒，冰川姊帶著溫柔的笑靨說：

「下次見。晚安，霧島同學。」

冰川姊向我低頭致意，便消失在公寓入口處。

目送她離去後，我輕輕地嘆了口氣。

接著坐在公寓前的長椅上，視線落向地面。

明知道絕對不會這麼發展……但我還是以為她要向我告白。

冰川姊的表情像極了墜入情網的少女。

而且我也發現，自己因為期望落空而感到遺憾。

我知道是為什麼。

要我說實話的話，是啊，我很想就這樣和冰川姊一直走下去。還想跟她一起去好多地

方，不想把她交給其他人。換句話說——

「……我喜歡冰川姊。」

或許是因為四下無人，這句話自然而然地脫口而出，連我自己都嚇了一跳。

但這確實是我無處宣洩的複雜心情。

興趣相投、溫柔體貼。

不僅如此，還是這麼漂亮又可愛的學姊。

——那個，如果可以的話，要不要一起去呢？就當作霧島同學給我的回禮……

——總、總覺得好害臊喔。到剛剛為止才在聊天，卻忍不住緊張起來……

——那怎麼行。不小心感冒了怎麼辦？

這麼好的女孩子，我當然會喜歡上她。

我對冰川姊的心意，已經到自己也會如此篤定的程度了——

「……真的嗎，霧島同學？」

耳邊忽然傳來呼喚我名字的嗓音。那是剛才還在與我交談的女孩子的聲音。

我猛然抬起頭。

不知為何——早該回家的冰川姊居然站在我的面前。

「啊！咦？等等、呃、為什麼——」

等一下等一下等一下！

冰川姊怎麼會在這裡——不，這不是重點。剛才那句話被她聽見了嗎？

思緒太過混亂，讓我無法處理眼前的情況。

冰川姊頻頻撥弄髮梢。

「……因、因為，我在公寓裡看到霧島同學坐在長椅上……所以、那個、忍不住就走回來了……」

說完，冰川姊頂著紅潤的臉蛋，抬眼問道：

「……那個，剛才霧島同學說的話……是真的嗎？」

「不、呃，剛才那是誤——」

我正想說「那是誤會」，思緒便戛然而止。

「誤會」兩字說來容易。

但我一點也不想在冰川姊面前否定這份戀慕之心。

至少我不想當著冰川姊的面這麼做。

「沒錯，千真萬確。」

我直盯著冰川姊的雙眼說道。

心臟像瘋了似的劇烈跳動，腦袋一片空白。想要馬上逃離現場的衝動支配了我的心。

但我並沒有這麼做。

「我喜歡妳，冰川姊。」

彷彿破釜沉舟，確認自己的心意那般，我再次說出這句告白。

木乃葉曾對我說「反正你也不會欲擒故縱，像個傻瓜一樣丟直球告白就行了」，但她說得沒錯。

我不會欲擒故縱，也不會說貼心的話。

所以就像笨蛋一樣，傻傻地將喜歡她的心情說出口。

我心懷期待，希望至少能將這份心意傳達給她。

「所以，請和我交往吧。」

我的聲音在發抖，掌心沁滿汗水，雙腿也不停地打顫，但我還是毅然決然地將這句話說出口。

冰川老師想交個宅宅男友

在那之後的每一秒，我都有種生殺大權掌握在別人手中的感覺。

我不敢正視冰川姊的雙眼。

我幾乎要被這股巨大的忐忑給擊潰，呼吸速度加快了不少。

儘管如此，為了見證這場告白的結果，我抬起了頭。

「～～～～～～～～～～～～～嗚！」

只見眼前的冰川姊嘴唇抿了又抿，臉頰也湧現出陣陣紅暈。

「那、那個、稍、稍等一下。」

說完，冰川姊轉過身背對著我。

咦？怎麼了？現、現在是怎樣？

等候冰川姊的回覆時，我的心臟如擂鼓般怦怦狂跳，但冰川姊依然背對著我，反覆進行「吸、吸、吐」的呼吸練習……呃，這到底是怎麼回事？

不久後。

她轉身面向我——

在閃耀動人的月夜之下。

冰川姊露出一抹燦爛至極的笑靨。

「霧島同學。」

我不禁看得入神，而她用柔柔的嗓音喊了我一聲。

我們四目相交。

只見冰川姊輕啟櫻花色澤的唇瓣，奏出了美妙的音色。

還帶著我至今見過最甜美的笑容。

「我也喜歡霧島同學。」

「——往後請多多指教。」

高中一年級的春假。

我和冰川姊就這樣變成了情侶。

◇ ◇ ◇

一週後。

冰川老師想交個宅宅男友

春假結束，時序進入四月。

我在慶花町街上走著走著，接著走上通往慶花高中的那道長坡。

斜坡非常陡峭，簡直是重度勞動。現在是春天，這道坡卻讓我走得滿頭大汗。說真的，每次走上這條坡道，我都會懷疑自己當初為何選這所高中就讀。

今天起就要邁入新學年——換句話說，我是高二生了。

隨處可見看似新生的學生，前幾天的開學典禮上也是如此。我為什麼會知道那些人是新生呢？因為他們的表情透露出還沒走慣這條坡道的樣子。看到他們不停在中途停下腳步的模樣，有種想為他們加油的衝動。

有別於這些新生，也能看見許多穿著便服的年輕人夾雜在高中生之間。

那是因為慶花高中跟大學坐落於同一片校地當中。

不過，雖然高中就在正門旁邊，但要從正門走上十分鐘左右，才會抵達大學校舍。其實說兩間學校分處不同地帶也不為過。

「唔！」

和煦的春風撫過我的髮間。

仰頭望向天空，就能看見萬里無雲的遼闊蒼穹。

宛如在為我們獻上祝福。

哎呀～不過，我也變成有女朋友的現充了呢～

嗯，我記得自己一開始說過才能之類的話啦。就這層意義而言，這是代表我有這方面的才能嗎？

真傷腦筋啊～

才氣橫溢的我，簡直銳不可擋呢～

「……呃，拓也哥，你為什麼一個人在偷笑啊？很噁耶。」

聽到這個聲音，我迅速往旁邊一看。

只見眼前的木乃葉露出大驚失色的表情，眼神跟看垃圾沒兩樣。

木乃葉誇張地縮起身子說道：

「拓也哥，你的眼神很可怕，不能在大街上露出這種表情啦。其他人會被你嚇死耶。」

「呃，就算妳這麼說……」

「搞不好會演變成犯罪行為呢。」

「我只是在笑而已耶！」

我剛剛的表情有這麼毛骨悚然嗎！

我確實是很開心啦……但也沒必要說成那樣吧。

但要是說了這句話，又會被她多唸好幾句，我便先把心中的疑惑問出口。

「對了，妳怎麼會在這裡？這裡是高中耶？」

妳不是國中生嗎？

我百思不解地看著木乃葉，而她氣呼呼地鼓起雙頰。

「啥～！我之前不是說過了嗎！我會跟你讀同一所高中，所以要一起行動！為了讓你嚇一跳，我還故意在開學前才說，結果你忘得一乾二淨，那還有什麼意義嘛！」

「抱歉、抱歉。最近我沒心情管那些事，原來是這樣啊。」

「我才不在乎拓也哥的心情怎樣，但被忘記總覺得很火大耶！你給我瘋狂反省！還要幫我拿書包！」

「呃，這跟書包沒關係吧。」

為什麼一直把書包塞給我啊？

就算妳把書包推過來，我也不會幫妳拿啦。

「哎喲，我昨天在追之前預錄的劇，看到很晚，所以睡眠不足有點累。」

「啥？」

「所以幫我拿啦！求求你，拓也學長♡」

「居然是這種無聊小事，誰理妳啊。」

「咦？有什麼關係嘛～喏，現在可以盡情欣賞可愛學妹穿制服的樣子喔？」

第三章

說著說著，木乃葉就當場轉了一圈，向我展現制服。

「是是，真可愛呢。好棒喔，木乃葉。」

「……咦？太敷衍了吧？真奇怪，我以為只要稍微撒個嬌，拓也哥就會立刻上鉤……」

「我在妳心目中到底是什麼模樣啊……」

她覺得我這麼好騙嗎？

「……對了，之前那個學姊的事，進展如何？」

木乃葉悄聲問道。這或許是她的體貼之處吧。

話題能切換得如此迅速，應該要拜長年的交情所賜。

我將目前為止發生的所有事全盤托出後，不知為何，木乃葉愣住了。

接著，她用低語般的微小音量說：

「……咦，真的告白了喔？那個拓也哥耶？真的假的？」

「什麼意思啊！再、再說，是妳建議我告白的耶！」

「我的確有說啦～可是我覺得拓也哥到頭來還是會不敢行動嘛，你不這麼認為嗎？」

「我知道妳想說什麼啦。」

妳是不是無意間對我說了很失禮的話？

「不過拓也哥，幸好你告白成功了。雖然我到現在還是不敢相信有女生會喜歡拓也哥。

冰川老師想交個宅宅男友

世界上也是有這種怪怪的女生呢。」

「妳雖然在笑，講出來的話卻有夠狠毒耶。」

「順帶一提，那個人是哪間店的店員嗎？」

「又不是出租女友！」

結果妳根本不相信我嘛！

雖然是千真萬確的事實……但我下次見到冰川姊一定要跟她合照，讓這傢伙見識一下。

感覺到時候會被她說是花錢買的拍立得照片。

「啊，我差不多該先去上學了。要是跟拓也哥走在一起，第一天就傳出奇怪的謠言，我會很頭痛。」

話一說完，木乃葉急忙地先跑出去。

她在忙什麼啊。在這道斜坡上奔跑可是件苦差事耶。

但木乃葉在我前面幾步停了下來，回過頭說：

「啊，我忘記說了。」

「——拓也哥，恭喜你。」

她露出一抹調侃卻溫柔的笑。

最後，木乃葉像是在瞧不起我似的輕輕吐舌，這次頭也不回地跑進了校門。

走進事前被告知的新教室後，教室內瞬間鴉雀無聲。

現場瀰漫著恐懼，以及看破了往後一年生活的氣氛。

我永遠無法習慣這種氛圍。

哎，能不能早點結束啊……我才剛這麼想，就真的馬上結束了。

……嗯？怎麼了？發生什麼事了嗎？

同學們開始竊竊私語，到處都傳來相似的對話。

「喂，你聽說了嗎？我們的班導好像是那個『雪姬』耶。」「真的嗎？太慘了吧。那個老師雖然很正，但超恐怖耶……」「而且『雪姬』的課超硬的吧？我們跟得上嗎？」諸如此類……全都是「雪姬」的話題。

呃，不會吧？

今年的班導居然是雪姬，簡直糟透了嘛。

我這副長相絕對會被盯上吧……哎，能不能換老師啊？

想到接下來這一年會過得很鬱卒，我就忍不住嘆息。

我甚至心想，如果是這種高中二年級的生活，倒不如不要開始。

停在這個瞬間就好了。

我一趴上桌面，忽然就聽見教室門打開的聲響。

「現在是班會時間，請各位同學回到座位上。」

還有一道年輕女性的嗓音。

教室內頓時傳來失望的嘆氣聲。

聽到眾人的反應，我也抬起頭來。

「——、——」

接著倒吸了一口氣。

對我來說，雪姬是遙不可及的存在。

她不是負責我們這個年級。我每次都只會在全校集會才會看到她。

在我的記憶中，她總是站在遠遠的講台上。

第三章

或許是這個緣故，雖然我記得她的長相很美——卻沒有十足的把握。

第一次近距離看到她時，我心想：

——她跟我認識的一個女孩子好像。

美麗與可愛兼備的臉蛋。

為了方便活動，將黑髮綁成一束。

銳利的目光。

黑框眼鏡

看起來是年輕的老師，卻穿著黑色套裝。

兼具嚴厲與一絲不苟的氛圍。

「同學們，初次見面。我是各位的班導——」

她在黑板上寫下名字，充滿威嚴的澄澈嗓音在教室內迴盪。

光是這樣，就讓躁動不安的教室瞬間安靜下來。所有人的目光都集中在那位老師身上。

接著——

冰川老師想交個宅宅男友

雪姬在教室內掃視一周後，看到我的那一瞬間。

「………咦？」

原本嚴肅緊繃的神情，頓時變成驚愕又稚氣的面容。

她手上的粉筆「喀唧」一聲掉在地上，碎裂四散。

班上同學開始小聲地議論紛紛，雪姬卻依然驚訝地張著嘴。

我不明白原因為何。

但看到黑板上寫的那些文字，我的心臟狠狠地跳了一下。

啥？這是怎麼回事？

「只是單純的偶然嗎？」

黑板上的文字寫著——

冰川真白。

好巧不巧的是，她跟我喜歡並告白的那位冰川姊，居然同名同姓。

第四章

教室裡。

雪姬在講台上用銳利的視線盯著學生，開始主持班會。

她的表情跟剛才自我介紹時一樣，沒有一絲動搖……我不禁這麼想。眼前的她，就是平時全校集會時的冷酷鐵面。

……應該不是偶然吧。

沒錯，她跟那個冰川姊同名同姓。而且仔細觀察後，就覺得她有點面熟。

但我能斷言她們就是同一個人嗎？那倒未必。

不，因為她們的感覺差太多了。

冰川姊給人的感覺是溫柔大姊姊。另一方面，雪姬則像冷酷無情的狙擊手。當然，這從頭到尾都只是我個人的觀感。

再說，冰川姊不是學姊嗎？

……這是我的想法，但這個推測也很合理。

我為什麼會覺得冰川姊是學姊呢？因為我看到她拿著大學學測用的參考書。可是，還有其他人也會拿著這種書。

那就是老師。如果是指導高二生的老師，就算拿著高中生專用的參考書也不足為奇。這麼一來，那位冰川姊就有可能是高中老師。

這時——

「班會到此結束。」

或許是大致交代完畢了，雪姬帶著包包走出教室。

我連忙從後方追上她。

「那、那個，請留步，冰川姊。」

我忍不住開口喊她。

「是我，霧島。老師——妳是冰川姊吧？是這段時間和我一起出去玩的冰川姊吧？」

我無法篤定，但直覺告訴我就是這麼一回事。

隨後，雪姬在走廊上忽然停下腳步。

她轉過頭望著我。

但她的表情卻冰冷到讓我寒毛直豎。

「——唔。」

冰川老師想交個宅宅男友

我反射性地倒吸了一口氣。

雖然「雪姬」最廣為人知，但其實還有很多用來形容這個老師的詞彙。這些形容詞的共通點，都是在揶揄她的「嚴肅」和「冷漠」。

我居然對這樣的老師，使用「姊」這種親暱的稱呼。

……糟糕，我可能闖禍了。

偏偏是雪姬。我居然對全校最讓人聞風喪膽的老師說了這種話。

如果認錯人的話——就會徹底陷入說教地獄。

果不其然，雪姬的黑框眼鏡深處的那道銳利目光直射而來。

接著，她眉頭一皺。

「……有什麼事嗎？我的確姓『冰川』，但你沒理由用『姊』來稱呼我吧。」

「她的反應就像完全不認識我一樣」。

接著繼續說道。

不知為何，她忽然別開視線，雙頰泛紅。

「——而、而且，我、我又沒跟霧島同學一起出去玩。」

「…………」

「…………」

…………呃。

老師的說謊技術太差了吧。

「霧、霧島同學！那、那種看著可悲之人的眼神是什麼意思！我、我是說真的。我的確不認識霧島同學啊。」

「那個……呃，老師，妳就是冰川姊吧？上週還跟我一起出去玩吧？」

「我、我才沒有。」

雪姬——冰川老師拚了命地否定。

但冰川老師的視線根本游移不定。

我看得出她眼神慌亂，正在對我撒謊。就算沒有測謊機，我也能如此斷言。

簡直就像自己承認「沒錯，就是我」一樣。

「……那個，冰川老師？妳為什麼從剛才就一直在撒謊？」

「哪、哪有撒謊。我、我真的是第一次見到你啊。霧島同學，你一定是認錯人了。」

「……好吧，我退一千步，就當老師說得沒錯好了。」

「你、你也不必特意退讓……」

冰川老師想交個宅宅男友

「但既然如此——為什麼我和冰川姊一起在電子遊樂場贏來的獎品，會掛在老師的手機上呢？」

「咦？不、不可能。我把獎品放在家裡………唔。」

冰川老師急忙翻找包包——但她似乎發現自己被我套話了。

她僵在原地，臉上寫著「完蛋了」三個大字。

我瞇起雙眼繼續說道：

「果然沒錯。冰川老師，妳就是冰川姊吧？」

「不、不對。剛、剛才那是……呃，沒什麼。這跟霧島同學說的話無關。」

「但我剛才親耳聽見妳說『我把獎品放在家裡』。」

「你、你幻聽吧！」

「而且外表也跟冰川姊很像。」

「是你的幻覺！」

冰川老師打死不承認。

這時，我忽然發現一件事。

「這麼說來，老師前陣子給我的印象，跟在學校時判若兩人呢。」

跟我見面時明明溫柔又體貼，在學校卻有著「恐怖至極」的謠言。再說，她之前也沒對

我使用敬語。

「……唔。」

隨後，冰川老師渾身僵直。

……而且似乎還汗如雨下。

雖然她沒開口，卻能輕易看穿她的情緒。

慌亂無措的心情全都表現出來了。

就在此時。

校舍中傳來了第一堂課的上課鈴響。

「……霧、霧島同學，要開始上課了，馬上回到教室去。」

「啊，等、等一下！」

雖然我出聲喊她，冰川老師卻轉身背對我。

並從我眼前快步離去。

放學後。

今天的課程結束後，教室應該會回歸寧靜，因為同學們都去參加社團活動，或是出去玩了——現在卻依舊吵嚷不已。

這也難怪。

因為冰川老師今天一整天都不太對勁。

以前我只會遠遠地看著冰川老師，連她平常的舉止也只能透過傳聞得知。

即使如此，我也知道今天的冰川老師很奇怪。

如果要舉例說明的話——

在課堂上要叫特定學生（我）的名字時，她就會狂吃螺絲地說「霧、霧島同鞋」，聽不懂她在說什麼。

或是課堂上有特定學生（我）在的話，不知為何，她上課時會一直把課本拿反。

又或者是在走廊上和特定學生（我）擦肩而過時，她會為了躲避而跑進掃除用具櫃裡，還因為無法自己打開櫃子而不斷呻吟。

就像這樣，整體來說，冰川老師一整天的精神都很渙散。

應該說，是的，這一切似乎都因我而起。

遇見我之前——也就是那場班會之前，至今我從未聽說她會做這種奇怪的事。既然如

此，原因自然出在我身上了。

冰川老師怎麼會做出這種事呢？

雖然只是我的猜想……但如果她平常很溫柔，在學校卻得裝出嚴肅的模樣，那她應該不想被大家發現吧。我懂這種心情。雖然我平常不太說話（因為沒人陪我聊天），唯獨一次在學校裡談論了漫畫話題，卻把其他人嚇得半死。大家的反應就像「哦哦，霧島同學還真了解」……可惡，想起不好的回憶了。

……不過，冰川老師以後應該會一直躲著我吧。

雖然會盡班導的職責，但除此之外，感覺冰川老師會盡量不在我面前出現。

我想跟她好好聊聊，卻被她躲成這樣，應該是沒辦法了——啊。

「唔！」

我走在走廊上準備回家，結果冰川老師迎面而來。

可能是在哪裡上完課了，只見她手上抱著課本和看似手帳的東西。

一看到我，冰川老師就一副「慘了」的表情。

隨後——

冰川老師轉過身，如脫兔般地在走廊上狂奔。

「等、等一下，幹嘛逃走啊！」

「不、不知道！不、不要過來！」

冰川老師放聲大吼，在走廊上拚命衝刺。

我想和她好好聊一聊。

正因如此，我在老師身後瘋狂追趕——但她的速度也太快了吧！都跑到走廊盡頭了耶！

相對地，我是居家型的阿宅，沒辦法跑這麼快。

但冰川老師的體力似乎也不算好，我們漸漸拉近了距離。

在校內上演了一段你追我趕後，我們跑到了逃生階梯。

冰川老師先跑上樓梯，我則在後頭追趕——可惡！這個時候爬樓梯太累了吧！我的腳都要哀哀叫了！

但緊接著——

「——、——」

冰川老師頓時腳底一滑！

與此同時，冰川老師抱在手中的課本和手帳也散落而下。

——糟糕！一出現這個念頭，我的身體就動起來了。

為了接住她，我張開雙手，往前踏出一步。

「唔！」

冰川老師的頭被圈進我的懷裡。

我反射性地抱緊她，她的體溫微微地傳來，讓我的心臟怦通怦通跳個不停。呼……看來在千鈞一髮之際趕上了。

我緊擁著冰川老師，低聲問道：

「那、那個……妳沒事吧，冰川老師？」

「嗯、沒事……呃，謝謝你。」

冰川老師緩緩推開我，稍微整理凌亂的衣服後，開始回收散落一地的物品。但她連看都不看我一眼。

她始終別過頭看向別處。

我雖然很想跟老師好好說幾句話……但既然她躲成這樣，今天還是打消念頭吧。也不能強人所難。

「……對不起，冰川老師。我剛才居然追著妳跑，真的很抱歉。」

「咦？」

「冰川老師，明天見。」

「等、等一下。」

我向她低頭致意，準備離開時，冰川老師開口喊了我一聲。

冰川老師想交個宅宅男友

我回過頭，發現冰川老師面對著我，膽戰心驚地問：

「……那個，你不問我嗎？」

不用說我也知道她在問什麼。

但就如我剛才所說，強行逼問也沒有意義。

既然冰川老師不想說，那也沒辦法。

我將這個想法如實傳達：

「如果冰川老師不想說，我也不能強迫妳……雖然我有很多疑問就是了。我覺得今天就先打住，下次再問吧。」

聽我這麼說，冰川老師低下頭，緊緊揪住套裝的衣襬。

接著，她低喃道：

「……是、是嗎……嗯，畢竟霧島同學就是這種人嘛。」

「呃、那個，冰川老師……？」

到底怎麼回事？

我有些不解，冰川老師則緩緩揚起視線。

那是我目前見過最嚴肅的表情。

冰川老師說：

「聽我說，霧島同學。我對你隱瞞的這些事……必須得老實告訴你才行了。」

◇◇◇

……得老實告訴我的事情？到底是什麼？

說完後，老師的表情依然嚴肅。

不知道她待會兒要說些什麼。

儘管如此，我還是能察覺到，她馬上就要說出很重要的事情了。

「那個，就、就是……」

冰川老師直盯著我的雙眸。

接著，她宛如心意已決般抿起雙唇，用彷彿要做出世紀大告白的氣勢說：

「我、我——其、其實，認識霧島同學！我就是之前跟你一起出去玩，還和你交往的那個『冰川真白』！」

「呃，我知道啊。」

「…………………………………………………………………………………………咦？」

隔了好長一段時間，冰川老師才發出驚愕的聲音。

呃，這不是廢話嗎？

不管是誰，都會在一開始就發現這件事吧。

……咦？該不會冰川老師一直覺得自己還沒露出馬腳吧？

雖然她沒說出口，這種氛圍卻已然傳遞而來。

冰川老師渾身發抖，彷彿回想起自己的黑歷史般。

接著，她嘟起嘴巴。

「……………我討厭霧島同學。」

咦？什麼～

冰川老師竟然開始鬧彆扭。

她氣呼呼～～～～地用力鼓起臉頰。

根本是小孩子的舉動。但這樣當然也很可愛。

「既、既然你已經知道了，那就用更明顯的方式告訴我啊。我一直努力不想被你發現，拚命躲著你耶！」

「呃，我只要一開口，冰川老師就馬上逃走了啊。」

「唔……」

冰川老師似乎回想起當時的情景，頓時僵在原地。

額頭上甚至沁出汗珠……沒想到這個人也會有心思這麼好猜的時候。

進入教師模式的時候，明明還能裝出鐵面人的樣子。

冰川老師誇張地咳了幾聲，似乎想重整態勢。

「總、總之就是這樣……你、你覺得呢，霧島同學？」

「妳問我我問誰啊？」

老實說，我不知該作何感想。

我早在一開始就發現冰川老師是冰川姊了。

總之，先把第一個浮現腦海的想法說出來吧。

「冰川老師，妳有雙重人格嗎？」

「這話什麼意思！」

呃，因為……大家應該懂吧？冰川老師給人的感覺完全不同，超級嚇人耶。

而且還一副不認識我的樣子。

這麼一來，我當然會起這種疑心啊。

這種設定也常常出現在漫畫或小說裡嘛。

「的、的確，或許難免會讓人產生這種想法……和霧島同學出去玩的人，以及在這裡任教的人，全都是我。並不是雙重人格。」

「那妳為什麼要假裝不認識我？」

「那是因為……營造出這種形象，讓我覺得很丟臉。」

冰川老師雙頰泛紅，輕聲低語道。

啊～果然是這樣沒錯。說得也是。如果在其他領域扮演截然不同的角色，確實不想被人發現。反差越大就越不想曝光。

但這樣一來，我心裡就出現另一個疑問了。

「既然這不是妳的本性——那妳為什麼要營造這種形象呢？」

「那、那是……」

說到一半，冰川老師便微微低下頭。

接著，她用細若蚊蚋的聲音輕喃：

「那、那是……總歸一句話，我想當一名出色的老師。」

「原來如此。」

為了當一名出色的老師。

雖然我還不知道背後的原因是什麼，但想到她扮演雪姬的模樣，似乎就能理解何謂「出

色的老師」了。雖然讓人聞風喪膽，但她面對工作的態度完全可以用「出色」兩字形容。至少我是這麼認為。

「……我明白了。總而言之，我想問的就是這些。」

「是嗎？」

聞言，冰川老師微微一笑。

……這個女人果然很可愛啊。

但我居然要和這種老師共度高中生活，身分還是老師的男朋友！

嗯，我忽然變得幹勁十足！雖然沒什麼好提的，但總覺得很期待明天以後的每一天！

「那就先告一段落吧。」

我這麼說，話中帶有「此事定案」的意思。

冰川老師也點點頭。

但她接下來說出口的台詞——卻完全出乎我的意料。

「是啊。」

「——那也把我們的關係做個了結吧。」

冰川老師想交個宅宅男友

「………………咦？」

我立刻看向冰川老師的雙眼。

但她的表情依舊嚴肅。

簡直跟剛才坦白的時候一模一樣。或許她當時就已經決定要說出這句話了。

「……妳、妳在說什麼啊，冰川老師？這、這不是結束，我們不是才正要開始嗎？」

我的嗓音開始顫抖。

但我知道冰川老師不是在開玩笑。

因為——冰川老師的表情也很痛苦。

「……不對，已經結束了，霧島同學。往後我們不該再頻繁見面，也不能交往。」

「為、為什麼？怎麼突然說這種話？」

「因為我是老師，霧島同學是學生啊。」

冰川老師的說明簡潔又明瞭。

正因如此，不管搬出再多說詞，都無法撼動這個理由。

「霧島同學應該也明白吧，老師和學生絕對不能交往。而且一旦東窗事發，學生可能也無法全身而退。最近透過ＳＮＳ，馬上就能散布惡劣的謠言……要是有個萬一，搞不好會對霧島同學的經歷造成傷害。你也不想變成這樣吧？」

冰川老師語氣平穩地這麼說。

那並不是冰川姊的眼神——完完全全是一名老師。

於是我才明白。冰川老師之所以對我隱瞞自己的真實身分，不只是不想被我發現而已。

只要師生的立場曝光，我們就不能再繼續交往了。

所以她才對我隱瞞。

我卻親手毀了她的用心良苦。單純受好奇心驅使而行動，沒有多加思考。

「你就……忘了和我的關係吧。霧島同學寶貴的時光已經無法挽回，對此，我只能向你道歉……別再把時間浪費在我身上了。這段時期對你很重要，你該更有意義地利用才對。」

「……怎麼會是浪費呢……」

「就是浪費啊。畢竟霧島同學沒必要故意談一段充滿風險的戀愛。既然……要跟我演變成那種關係，不如努力向學。你的表現也不太好。」

冰川老師的表情好溫柔，彷彿女神一般。

正因如此，才有種遙不可及的錯覺。

同時，我也聽懂了她的話中含意，頓時渾身僵直。

她「知道」我一年級的成績表現。

這也是理所當然。既然她是我的班導，當然要了解我去年的成績如何。

冰川老師想交個宅宅男友

冰川老師這番話緩緩浸透我的全身，甚至讓我雙腿發軟。我甚至不曉得該怎麼站立了。

「『必須老實告訴你的事』，就到此為止。」

冰川老師靜靜地結束了這個話題。

「為了以防萬一，從今以後，我們在學校裡也要盡可能避免交談。啊，霧島同學維持原樣就行了。我會多加留意——」

「等、等一下！」

「怎麼了？」

我還不想結束話題，於是拚命擠出聲音。

聞言，冰川老師對我露出了溫和的笑靨。

「還有什麼事嗎？」

「……我……我沒辦法馬上釋懷……」

因為我喜歡的人是老師。

我無法光憑這個理由，就忘記和喜歡的人共度的時光。

可是……

「就算沒辦法立刻接受，我也希望你努力讓自己接受。」

冰川老師雖然溫柔，卻是個成熟的大人。

「我不能為霧島同學的人生負責。要是有個萬一，我也對你的雙親過意不去。況且……一旦事情曝光，我也會被開除。霧島同學，你也不想扛下這份重擔吧？」

「可是……我還是喜歡冰川老師。」

這番話根本算不上是回答。

雖然僅有一瞬，但冰川老師好像開心地揚起了嘴角。

但她卻搖搖頭，像是要將什麼掃出腦海似的。

緊接著——冰川老師的態度丕變。

簡直像個傲慢無禮的公主殿下，渾身散發出冰冷帶刺的氣息。

然後，雪姬這麼說：

「『那，霧島同學要為我負責嗎』？」

這句話。

對我這個學生來說，根本無能為力。

隔了一會兒，我終於相信一切都結束了。

冰川老師恐怕不會再接近我了。

冰川老師想交個宅宅男友

或許是因為明白這一點，我才會輕聲將這句充滿依戀的話脫口而出。

「……如果我們不是老師和學生，而是其他關係的話，是不是就不會走到這一步？」

不知為何，雪姬頓時緊抿雙唇。

下一秒，她又用平常那種銳利且冷冽的目光看著我。

「……雖然這份假設不可能成立，但你說得沒錯。就算真是如此，我還是會給出相同的答覆。」

「我無法和霧島同學交往。和你相處過這一週，我才發現你不是我的『理想男友』。」

說完這句話，雪姬就走下逃生階梯逕自離去。

喀沙喀沙的腳步聲也消失了。

但我依然佇立在原地。

在這個狀態下，我認清了兩件事實。

我被狠狠地甩了，簡直體無完膚。

而且在學校裡，我和冰川老師的交集只能維持在最低限度。

這時……

「……？」

我愣愣地將視線往下移，只見有個東西掉在逃生階梯上。

伸手撿起後，發現那是一本似曾相識的手帳。應該說，那本透露出些許御宅感的手帳，是和《碧藍奇蹟》聯名的周邊商品。

手帳後面用小小的字寫著「冰川真白」。

◇◇◇

隔天來到學校，我彷彿置身地獄。

無論如何，雖然我向冰川老師告白後被甩了……但只要她還是我的班導，即使再不情願，我們還是得碰面。

「…………唉。」

我在自己的座位上嘆氣。

太憂鬱了。我到底為什麼要來上學呢？

我下意識地回想起早上到現在發生的那些事。

冰川老師明顯在躲我。

冰川老師想交個宅宅男友

不管在課堂上還是班會上，她都不會看我一眼。除此之外，她還將上課時點名的頻率降到最低，做得非常徹底。

這樣我的高中生活就跟去年一樣——不對，在某種意義上比去年還要慘。

雖然我想趕快把手帳還給她，但冰川老師一直躲著我，所以沒辦法還。本來想請教職員辦公室的其他老師代為轉交，但那是跟《碧藍奇蹟》聯名的宅宅商品，所以也不可行……冰川老師在校內似乎會隱藏自己的宅女身分，但內行人只要一看就知道了。

不，這不是重點。

我可能只是想藉這本「手帳」，再跟冰川老師說幾句話而已。畢竟這是目前唯一能和老師交流的依據。

正因如此，我才想直接還給她。

但她一直躲著我，我也無計可施。

我為此苦惱不已，不知不覺就來到了放學時間。

因為沒什麼特別要做的事，我就拖著沉重的步伐走向學校正門。

原本想看最喜歡的動畫轉換心情……但從昨天開始，動畫也顯得索然無味了。就算看以前很入迷的輕小說，劇情也無法融入腦海。能讓我投入到一目十行、手心冒汗的那個世界，似乎也變得很遙遠。

第四章

「啊……」

剛走出學校，就滴滴答答地下起雨來。

而且雨勢還逐漸增強，轉眼間就變成大豪雨。

糟糕，我有帶傘嗎……呃，應該沒帶吧。

我不記得今天有查看天氣預報，也不記得有把傘放進書包。

沒辦法，我只能直接走進雨中。

……雨打在身上時，我回想起第一次和冰川老師出門的場景。

當時冰川老師用溫柔的嗓音，對忘記帶傘的我說——

「你是不是沒帶傘？」

「……咦？」

身後忽然傳來一道人聲。與此同時，落在頭頂上的雨滴也消失了。

我猛然回過頭——

「……雨下這麼大，你在做什麼啊，拓也哥？」

原來是木乃葉撐著傘站在我身後。

第五章

……呃，事情怎麼會變成這樣？

這裡是更衣間。

我用毛巾擦乾頭髮，並環視周遭一圈確認狀況。

如果只是「身處更衣間」的話，那倒不成問題。

問題是，這裡是木乃葉的家。

在那之後，木乃葉可能不忍心看我被雨淋成落湯雞，就把我帶回家了。

但木乃葉家比我家還要近，說實話，我是很感激啦──

「……好久沒來了。」

國中以後我就不常來了，應該相隔數年之久。

雖然跟當時比沒什麼變，但因為很久沒來了，所以有種莫名的新鮮感。

「啊，這是我爸的衣服，尺寸合適嗎？」

「嗯，有點小，但能穿。謝了。」

第五章

我走出更衣間後，發現木乃葉躺在沙發上看電視。

她穿著可愛的粉紅色衣服，應該是家居服吧。

看到這身不熟悉的服裝，我才深切體會到：這傢伙好歹也是個女孩子啊。

但我的心也沒有因此掀起波瀾。

「……對了，春香阿姨今天去哪了？」

春香阿姨是木乃葉的媽媽，也是我的房東，目前在經營房仲公司。

由於平常總是受她關照，機會難得，我想跟她道聲謝。

但木乃葉懶洋洋地說：

「啊～我媽去公司了，還沒回來。」

「是喔。」

……也就是說，等等，現在房裡只有我們兩個人嗎？

意識到這一點後，我頓時全身緊繃——其實並沒有。

畢竟對象是木乃葉。事到如今，我也不會在意兩人獨處會如何。

「……木乃葉，妳在做什麼？」

「嗯？你說這個嗎？只是在整理飾品而已。」

木乃葉將一堆飾品放在桌面上，並仔細地將這些飾品一一放進盒子（裡面有很多正方形的框架），看起來像是專用的收納盒。

有項鍊也有耳環，總之種類繁多。居然連戒指也有。

「哦～妳也是個女孩子啊……」

「啥？這話什麼意思？性騷擾嗎？」

「不是啦。因為妳不像這種人嘛——呃，這不是《碧藍奇蹟》裡出現的項鍊嗎！這是怎麼回事！」

難道木乃葉也在不知不覺間變成阿宅了嗎！

平常老說阿宅噁心——但這一天終於來了！

另一方面，木乃葉卻皺著眉說：

「……啥？碧藍……什麼鬼啊？」

「什麼？妳是在不知情的狀況下買的嗎？這是《碧藍奇蹟》這部動畫的女主角戴的項鍊。哦～原來官方有出這種周邊啊。」

「啥？我聽不太懂，只是覺得很可愛就買了……而且這應該不是官方（？）的商品。」

「咦？那妳是在哪裡買的？」

「就是飾品店啊。在網路上買的啦。」

「飾品店有賣這種東西嗎……？」

我對這方面不太清楚，是跟動畫聯名之類的商品嗎？

「啊～拓也哥，你可能誤會了……那不是一般飾品店，是個人手作飾品。雖然很多商品僅此一件，但也有很多一般店鋪不會販售的出色飾品。你看，ＳＮＳ上面也有很多介紹。」

木乃葉將手機推到我面前。

螢幕上確實有很多精緻飾品的介紹文。

哦～也就是說，這個創作者自製了動畫中出現過的飾品，再拿來販售……是這種感覺嗎？或許跟同人誌有點類似。

仔細一看，才發現剛才那條項鍊跟動畫中出現的截然不同。

從頭到尾都只是……以《碧藍奇蹟》的角色為靈感而已嗎？

但乍看之下，我怎麼會聯想到《碧藍奇蹟》呢？明明完全不一樣。可見這位創作者的技術相當了得。

「是說別管我了。你是怎麼了？居然在那種地方淋雨。」

木乃葉拍了拍自己旁邊的座位。

是要我坐在那裡的意思嗎？

我坐上沙發後，木乃葉就在一旁盤腿而坐，向我問道：

「看你那雙死透的眼神大概能猜到原因啦。如果放著不管，感覺你會想不開。」

冰川老師想交個宅宅男友

咦？我的眼神看起來這麼嚴重嗎？本想跟她開個小玩笑——但一想到學校裡那種地獄般的氣氛，我就沒那個心情了。

相對地，我有氣無力地呢喃：

「……難道妳在擔心我嗎？」

「呃，沒有啊。」

居然不是喔。

我頓時無言以對，而木乃葉將手指抵在臉頰上說：

「這個嘛～喏，我們在看無聊的漫畫時，有時候不是能猜到後面的劇情嗎？但如果在不錯的地方完結，就會很在意下一部作品吧？」

「我知道妳想說什麼啦。」

跟我的告白有關的這些事，居然只值這點價值嗎？

「敬請期待霧島拓也老師的下一部作品。」

「硬要說的話，這不是完結，應該是腰斬吧！『在不錯的地方完結』是這個意思嗎？根本沒有劃下完美的句點嘛！」

「你懂我的心情嗎？」

「懂是懂啦！雖然能體會，但總覺得很火大！」

「所以到底怎麼回事？」

木乃葉緊盯著我問道。

我只好放棄抵抗，將昨天發生的事全盤托出。

語畢，木乃葉興趣缺缺地「哦」了一聲。

「原來發生了這些事。告白的對象竟然是老師，這種事平常會發生嗎？」

「我也很驚訝啊。我還懷疑是不是在作夢呢……」

如果這是一場夢，那該有多好啊。

但冰川姊確實是老師，我也被甩了，這才是現實。

「那拓也哥，你要怎麼做？」

「……其實我也不知道。」

沒錯，我不知道。我完全不知道該如何是好。

我應該沒有好好想過跟老師交往這種事吧。

畢竟發現冰川姊是老師的時候，我也沒想到那個層面。

當然，透過新聞這些管道，我也明白老師和學生不能交往。

但「明白」和「理解」是兩回事。

我甚至覺得，只要交往就能想辦法克服，但冰川老師似乎不這麼想。

冰川老師想交個宅宅男友

畢竟冰川老師是成年人，必須承擔責任——我只是個孩子。

而且，在這之前，我已經被甩了。

冰川老師跟我說，就算沒有師生這個前提，她也不會和我交往。

「果然還是……只能放棄吧。」

到頭來，我從一開始就只有這條路可選。

如果我不是小孩——年紀再大一點的話，或許情況就不同了。

就算我早已經被甩了，我還是忍不住這麼想。

如果我成年後才遇見冰川姊，是不是就不會走到這個結局？

然而現實是，我就是個無能為力的孩子。

我什麼都辦不到。

「……不過，或許這樣也好。」

我低下頭輕聲低語。

「……就算能和她交往，沒有戀愛經驗的我在感情路上也會走得不順遂。反正和老師交往這種事，打從一開始就是不可能的任務。」

時間有限。

既然努力也沒有結果——那放棄才是合理的選擇。

那還不如一開始就不要挑戰。

「就像平常那樣」，別在辦不到的事情上耗費時間。

因為這樣才更有效率。

「……放棄啊。果然只能這麼做了。嗯，在做不好的事情上勞心勞力也沒意義——」

我再三重覆，像是要說自己聽似的努力說服自己。

接著，我抬起頭。

「好，既然決定了就來玩吧。木乃葉，妳這裡有遊戲嗎——」

「——啥？拓也哥，你是笨蛋嗎？」

一道帶著前所未聞的溫度、嚴厲的嗓音忽然響遍整個房間。

一抬頭，就發現木乃葉站在我眼前，由上往下睥睨著我。

她的視線好冰冷。木乃葉渾身上下散發著怒氣，我從沒見過她如此氣憤。

「剛才一路聽下來，什麼『反正也做不好』、『不可能的任務』，全是這些娘娘腔的抱怨。這樣當然會被甩掉啊。」

「木、木乃葉，妳——」

「『為什麼你一開始就不打算努力呢』？」

聽到這句話。

我頓時晴天霹靂，腦中的思緒馬上煙消雲散。

木乃葉的眼神中充滿了前所未有的嚴肅。

她將臉湊到我的正前方，開口說道：

「『你以前明明不會這樣』。為什麼要在努力之前就選擇放棄？害怕受傷，就擅自預設防線。你想假裝自己是個乖巧懂事的好孩子嗎？想要帥嗎？」

「不，我——」

「遜斃了。」

木乃葉用冷冷的嗓音直截了當地撂下這句話。

「我就明講吧，看到現在的拓也哥，我就一肚子火。少女漫畫中也有和老師交往的作品，但那些角色至少都比現在的拓也哥努力多了。也有像傻瓜一樣告白好多次，才終於打動對方的主角。可是拓也哥，你做了什麼？你是努力過了才說要放棄嗎？」

說完，木乃葉忽然將臉埋進我的胸口。

「其實……我也不反對有效率的生活方式。真要說的話，我也是這種人。但我不會因此覺得努力的人才有問題。就算白費力氣、做錯選擇，又有什麼關係？我們還年輕啊。」

第五章

「——所以，請你像以前一樣好好努力吧。至少對我來說，比起現在的你，過去的你讓我更喜歡一百倍。」

最後，木乃葉輕聲呢喃地這麼說完，並將頭抵在我的胸口轉了幾下。

胸口感受到熾熱的溫度。

甚至還有點濕。

「……妳在哭嗎？」

「才沒有。」

木乃葉雖然立刻否定，但胸口濕了一片的衣服就是最好的證明。

那只是虛構的故事。

所以那些主角才能一路順遂。

我雖然想對木乃葉這麼說，但我的嘴卻動不了。

「因為完全被她說中了」。我確實什麼也沒做。一開始就在內心某處告訴自己「做不到」，因此沒有主動採取任何行動。

過去都是冰川老師開口邀約。就連告白也是基於偶然。

我一心認定自己做不到，根本毫無作為。

可是——我明明什麼也沒做就說要放棄，這樣的確很蠢。

像我這種人就算不做任何努力，對方也會和我交往。天底下才沒有這種白吃的午餐。

「……謝謝妳，木乃葉。」

我低聲說道，並輕輕將她推開。

雖然現在我還是覺得自己做不好，但既然被童年玩伴痛罵一頓，甚至讓她傷心流淚——

我認為應該有點挑戰的價值。

「嗚……嗚……」

木乃葉用手臂擦拭眼角，所以我看不見她的臉。

但木乃葉的眼淚已經連用衣袖也抹不乾了。

透明的淚珠滑過她的臉頰，甚至滴落在地。

……不過她將情緒表露到這種程度，我也只能靜靜地在一旁看著她。被他人如此著想，

說實話，感覺還不賴。

就在此時。

木乃葉手上的某個東西，隨著透明淚珠一同掉落地面。

是眼藥水。

第五章

「嗚……………嗚……」

「…………………吶，喂，木乃葉？」

「嗚……嗚……怎、怎麼了？」

「這個眼藥水是怎樣？」

「……………………………………欸嘿☆」

我單手將木乃葉的臉頰狠狠抓住。

「豪痛豪痛豪痛！我、我說很痛啦，拓也哥！只是個小玩笑嘛！怎麼，你當真嘍？」

「少、少囉嗦！我還覺得有點感動耶！結果都是妳演出來的！把我的感動還來！」

「但你打起精神了吧？」

「是啊！打起精神了！謝謝妳喔，可惡！」

這傢伙真的是……這傢伙真的是！

這並非我的本意，但我已經振奮起來了！

雖然不知道從哪裡開始是演出來的——但我不會一心只想放棄了。

當天晚上回到家後，我在房裡撥了通電話。

為了不輕言放棄——也為了決定往後該如何行動。

我從認識的人當中，選出最了解「教師」一職的人，打電話給他。

就在此時。

從窗外吹進來的風吹動了房間書桌上那本手帳的頁面。

我雖無意窺看，手帳的內容卻因為不可抗力而闖入我的視野。

「原來如此……」

我因此確信了一件事。

第六章

要交往的話，希望找個能接受我的興趣——「比我還更沉迷御宅活動」的宅宅男友。我是從什麼時候開始有這種想法的呢？

雖然想不起確切的時間，但隱約是從高中時代開始，我就有這種念頭了。

高中時的我是個不起眼的女孩子，總是窩在教室角落看輕小說。因為沒什麼朋友，所以很渴望一同分享興趣的人。

而且無論古今，御宅族都算是少數派。

畢竟是不方便搬上檯面的興趣，因此我很嚮往願意陪我同樂的男孩子。

升上大學後，這份心情依舊沒有改變。

我每天都在祈禱，希望能遇見願意包容這個興趣的完美男孩。

——但我的社交能力其實不太好，一直以來都沒遇見這樣的男孩。

在朋友的勸導下，我也試著在升上大學後改變自己的形象，結果內在依舊如昔。雖然也有被邀請加入社團活動，我卻因為提不起勇氣，導致最後沒能參加。於是我選擇和朋友們一同玩樂，大學生活就這麼落幕了。但踏上教師生涯後，我被忙碌的工作追著跑，根本無暇顧及愛情。

就在此時。

教師生活第三年，當我漸漸習慣工作步調之際，我遇見了他。

溫柔體貼，願意包容我的興趣——也願意接納我的完美男孩。

◆◆◆

「冰川老師，我先回去了。」

「辛苦了。」

我向那位女老師低頭致意後，便目送她離開教職員辦公室。

辦公室只剩我一個人後，我發出「嗯～」的一聲，並伸了個大懶腰。

（……外面天色已經暗了。）

學校正門差不多要關了吧。

照理來說，我不必工作到這個時間——但我現在不太想回家。

不用忙碌的工作麻痺自己的話，就會想起不好的回憶。

我隔著堆放在桌上的幾本課本環視整間辦公室。

（好安靜……）

這個空間既昏暗又空蕩，讓人有點毛骨悚然。

至少會讓我忍不住心想，這個地方如實地表現出目前的狀況。

完全沒有和他出遊時那種耀眼的光芒。

當時美好得像一場夢。儘管很不情願，我還是深切地體悟到了這一點。

（……不過，那時候真的好快樂。）

我一反自己的作風，主動邀請霧島同學。

因為他說「做飯很麻煩」，我就忍不住在LINE中傳了一句「如果不介意的話，我做給你吃吧？」。但因為太害羞了又急忙收回訊息。儘管如此，我還是很想為他做點什麼，最後就帶著做法最簡單又美味的咖哩去找他。

霧島同學向我告白時，我真的、真的好開心。

但那段時光已經不會再有了。

因為我——親手放棄了這個機會。

……不行。明明決定不要再想了，卻又忍不住想起來。

「…………回家吧。」

冰川老師想交個宅宅男友

今天再繼續加班也無濟於事。

腦中充滿雜念，工作根本不會有進展。

我匆忙動手收拾，單手提起包包。

嗡嗡。手機的震動聲通知我收到了訊息。

那是今天中午傳出的訊息的回信。

對方是我的女性友人。

『是喔，原來真白經歷了這些事。』

地點是我家。

我在到處堆放宅宅周邊的房間裡打線上遊戲。

螢幕裡是中世紀歐洲風格的奇幻世界，有個看似混混的男性角色正在和魔物對戰。我用規律的節奏按了幾下鍵盤，那個男性角色就施放出連續攻擊消滅了敵人。

我彷彿完成一件大事般用衣服擦了擦額頭，輕輕地嘆了口氣。

往旁邊的螢幕瞥了一眼，上頭有個放大顯示的免費通話程式的圖示。

我敲著鍵盤，並對那個圖示低語：

「……抱歉，紗矢。忽然莫名其妙地打給妳。」

『哎喲，這又沒什麼。真白找我傾訴戀愛煩惱感覺很新鮮嘛。妳願意找我商量，我也很開心。而且我的原稿進度正好卡關了。』

通話對象是我高中時期就認識的女性友人。名字是神坂紗矢。

補充一下，她現在是很有名的同人作家。

高中和大學時期，我常常跟紗矢一起參加宅宅活動。

或許是長年的交情使然，在霧島同學這方面，她也會跟我提出建議。之前我會穿洋裝赴約，其實也是聽了紗矢的建言。

另外，和霧島同學去台場的時候，我也表現得有些主動。

那也是聽了紗矢的建議：「男生很喜歡主動出擊的女孩子」，我才勇於嘗試……嗯，冷靜思考後就知道沒這回事。我好像太大膽了。

現在也是商討的一環。

和霧島同學之間的一連串事件結束後，我才來向紗矢報告。

……原本擔心單純聊天會導致心情低落，才決定一邊打網路遊戲一邊聊天。

所幸紗矢願意回應這突如其來的聯絡，還陪我打遊戲。

聽完我的說明後——

『我說真白，你們接吻了嗎？還是已經上到二三壘了？』

「呃，紗矢？妳有在聽我說話嗎？」

我可能選錯對象了。

聽到紗矢這番充滿性騷擾的提問，我覺得臉頰變得好燙。

紗矢的個性算是溫柔體貼，但她也有這樣的一面。決定找她商量的時候，我就已經做好某種程度的心理準備了……但不習慣就是不習慣，我也無可奈何。

我難掩驚愕地嘆了口氣。

「……那個，紗矢？我再重複一次，我和霧島同學已經結束——」

『還沒結束吧？』

但紗矢卻彷彿要蓋過我的聲音般這麼說道。

『啊，我當然有在聽真白解釋喔。知道老師和學生不能談戀愛，也知道妳用這個理由拒絕了他。』

「那妳還——」

『但我還沒問真白想怎麼做。』

「……我想、怎麼做嗎？」

螢幕中，我所操控的男性角色拿著炸彈站在敵人眼前。

我忍不住停下手邊的工作，陷入思考。

我想怎麼做？那還用說嗎？

但那是絕對不被容許的。

正因為如此，我才會這麼苦惱啊——

紗矢彷彿在盯著我的一舉一動似的，樂呵呵地發出笑聲。

『什麼嘛，答案已經揭曉了啊。能讓妳閉上嘴陷入沉思——讓真白認真煩惱到這種地步，可見妳對那位霧島同學已經喜歡到死心塌地了吧？』

轟————！

因為操作失誤引爆炸彈後，螢幕中的男性角色就被炸飛了。

HP立刻降到危險值。

但我卻無暇留意。

「喜、喜歡！紗、紗矢，妳在說什麼——」

『咦？我有說錯嗎？』

「…………是、是沒有啦。」

我真的好喜歡他。

冰川老師
想交個宅宅男友

其實——我好喜歡霧島同學，甚至想和他交往。

但我說不出口。

因為我沒資格說這種話。

『不過越聽越覺得，那位霧島同學就是真白妳以前說的「理想男友」啊。外表有點像小混混？但超級善解人意？有難時會毫不猶豫出手相救？最重要的是，還能理解自己的興趣？雖然有真白的少女心濾鏡影響，但幾乎就是真白的完美理想型嘛。』

「哪、哪有什麼少女心濾鏡啊。當、當然，可能多少有點美化啦。」

『啊～聽真白說這些，我也有點想見見霧島同學了。我現在正好沒有男朋友，搞不好可以跟他交往看看喔。』

「不、不行！霧島同學是我的——」

『妳的？真白，他是妳的什麼？』

「……………沒、沒什麼。別、別放在心上。」

當我發現自己掉進圈套時，已經太遲了。

紗矢壞心眼地說：

『既然這麼喜歡，那就跟他交往啊。』

「……不可以。不能因為我的關係，讓霧島同學的人生化為泡影。」

老師和學生交往。

最近關於這方面的議題相當嚴格。

實際上——雖然是由校方研擬——但最近關於師生間必須嚴守分際這方面的規定，簡直多不勝數。

老師不能讓學生上自己的車、不能用SNS交流、老師不能將和學生的合照上傳到SNS。想當然耳，更不能容忍師生演變成戀愛關係。

因為現在老師和學生太容易搭上線了，才會嚴格制定出這些規則。

每當有些老師闖禍鬧上媒體版面時，監護人會氣憤不已，世人會心懷擔憂，老師本身也會嚴格約束自己。

如果我做出那種自私的行為——受傷的可不只我一個人。

我所愛的人應該也會遭受莫大的傷害。

我不在乎自己的下場，但唯獨這一點，我一定無法接受。

「……所以這樣也好。我不想讓霧島同學陷入不幸。我對他說了那麼過分的話，可能會被他討厭吧……但這樣總比和他交往好多了。」

『那真白要一直默默守護霧島同學，直到他畢業為止嗎？』

「嗯，這樣就夠了。」

冰川老師想交個宅宅男友

雖然已經不能隨便接近他了。
但如果這兩年可以在一旁守護霧島同學，我就沒有遺憾了。
往後我只要克盡為人師表的責任就好。
最重要的是，這樣應該也對霧島同學有幫助。
所以這樣就夠了。本該如此。
……假裝沒意識到這份短暫存在於我心中的情愫，應該是最好的選擇。
『這樣啊。』
紗矢似乎察覺了什麼，靜靜地這麼說。
但下一秒，她又忽然語氣輕鬆地說：
『不過，如果霧島同學真像妳說的那麼優秀，可能馬上就會交到女朋友吧。』
「…………咦？」
『可以理解吧。他是高中生耶？交一兩個女朋友很正常啊？他可能會在真白面前跟那個女朋友打情罵俏喔。』
「咦、咦？」
『哇～看到喜歡的男孩子在自己面前跟別的女人接吻，應該很痛苦吧。畢竟是高中生，應該還會更進一步。可是真白一直沒有遇到對的人，還會被霧島同學忘得一乾二淨。屆時他就會在成年禮的高中同學會上說：「咦？冰川老師？誰啊？（笑）」』

「…………為什麼要說那麼過分的話啊。（含淚）」

『哇哇哇～～是我錯了！別帶著哭腔說話啦！』

「我、我哪有！」

我抽起一張面紙擦拭眼角。

雖然面紙濕了，但這絕對不是眼淚。

『……世界上或許有很多事情會受限於規則，但我會支持妳。』

紗矢忽然語氣溫柔地說。

『妳想想，我們不是念女校嗎？當時也有在學期間就交往，畢業後才結婚的同學和老師吧？所以天底下沒有不可能的事，少女漫畫也經常有師生戀情節啊。』

「……漫畫是虛構的啊。而且女校那件事其實是不行的吧。」

『或許吧。但妳好久以前就說「想要一個能共享興趣的男朋友」了，卻一直沒遇見。既然真白已經碰上對的人，想和他交往的話，我也想替妳加油。這或許真的是不被允許的關係，以一名成年人來說的確是惡劣到極點的行為，但我還是想看真白得到幸福。』

「紗矢……」

我輕聲低喃，螢幕另一邊的紗矢就發出了害羞的笑聲。

『萬一妳真的被解僱，我會僱用妳啦。我隨時都在徵助手喔。』

「謝謝妳，紗矢。可是……霧島同學會原諒我嗎？」

我對他說了好多殘忍的話。

那些口是心非的話語或許已經對他造成傷害了。

這樣的我——他能諒解嗎？

『真白，妳可以的。』

紗矢用沉穩的嗓音這麼說。

『只要向他好好說明和道歉，他一定會諒解。因為他是真白喜歡的男孩子嘛。』

我默默地點了點頭。

紗矢接著說道：

『……總之，妳要想清楚。剛才我雖然這麼說，但不論妳如何選擇，只要那是真白發自內心的決定，我一定會站在妳這邊。』

◇　◇　◇

冰川老師和我提分手後，又過了一週。

冰川老師
想交個宅宅男友

不知為何，某天午休時間，我忽然被叫到教職員辦公室。

「……咦？打掃社團教室？」

「是啊。」

涼真點了點頭。

感覺好久沒來教職員辦公室了。

我偷偷往旁邊一瞥，發現冰川老師正在敲鍵盤工作。想當然耳，她完全沒有看我一眼。

不僅如此，她非常專心工作，連有沒有發現我進來了都很難說。

「請問……為什麼我非得去打掃啊？」

在其他老師面前，我姑且還是用敬語向涼真提問。

午休時間，我還在教室裡吃飯就忽然被叫過來……呃，結果是叫我打掃社團教室？我說真的，為什麼我得做這種事啊？

結果回答這個問題的人不是涼真——而是其他老師。

「因為你是上學年的留級候補啊。」

從教職員辦公室後方現身的是一名年邁的女性——也就是學務主任。

年輕時的她應該風姿綽約吧。即使年歲漸長，帶著皺紋的臉龐依舊體現出過往的美貌。

或許是因為這樣，我覺得她給人的感覺比冰川老師更嚴厲。

「被列入留級候補的學生除了補習課題，還要參加志工活動。你應該知道這件事吧？」

「是、是的，我聽說了。」

我忽然緊張起來，連忙點頭稱是。

我確實已經從涼真口中聽說這件事了。

但應該是在學校於夏季主辦的活動中幫忙才對。

為了解答我的疑惑，學務主任說：

「關於這一點，有件事忽然想請你幫忙。廢社的社團教室也要整理一下，雖然有點不好意思，但還是想請霧島同學協助清理。當然，如果你願意幫忙，就不必參加夏天的活動。」

「這倒是沒問題……」

如果是這種事，其實無所謂。

再說，我也是自作自受。畢竟我有錯在先，沒資格抱怨。

但事情還沒結束。

在那之後，學務主任看了冰川老師一眼。

「那請冰川老師也務必幫忙。」

「「咦？」」

「我的意思是，請冰川老師和霧島同學一起打掃社團教室。畢竟冰川老師是霧島同學的班導，這工作應該非妳莫屬吧？」

聽到這句話，我和冰川老師不禁面面相覷。

第七章

「…………」

「…………」

慶花高中的校舍一隅。

我跟冰川老師默默地在那間教室裡動手收拾。

這裡好像原本是文藝社。

可能是因為這樣，教室裡放了好幾個老舊的書櫃，每一櫃都塞滿了書。

但這個文藝社三年前就廢社了。根據這間高中的校規，往後三年或許還有人會入社，所以便保留至今——但今年也將邁入歷史了。舊文藝社的教室似乎會移交給新成立的社團。

所以需要打掃。

我們也不能違抗學務主任的命令，不停地將書裝進紙箱裡。可是……

「…………」

「…………」

冰川老師想交個宅宅男友

好、好尷尬。

從剛剛開始，我跟冰川老師就沒說過一句話。

這也難怪。我們是甩人與被甩的關係。一般來說，在這種狀況下一起工作根本不正常。

但還不只如此。

「冰、冰川老師，妳那邊還好嗎？我已經做完了，要不要幫妳？」

「沒關係。霧島同學，你去整理後面的書櫃吧。」

「啊，其實那邊也收完了——」

「那就在那裡待著吧。」

「……好。」

就是這樣。

從剛剛開始，冰川老師就不讓我靠近她。

她防得相當徹底，幾乎可說是滴水不漏。她還是一直在躲我。

老實說，我都要灰心喪志了。

我喜歡冰川老師。但被躲到這種地步，我當然也會受傷。

……她果然對我毫無興趣嗎？

「……唉。」

腦中出現了這種少女般的思緒後，我將浮現於心中的愁雲慘霧化作嘆息脫口而出。

——怎麼會變成這樣！到底為什麼會變成這樣啊！

我默默地動手收拾，內心卻不停驚聲尖叫。

好不容易和霧島同學拉開距離了……沒想到情況竟演變至此。

而且我又反射性地躲避霧島同學。

……我真傻。讓他幫個忙而已，應該沒什麼大不了的。

我是不是反應過度了？

但不這麼做的話，我的心又會動搖。

努力藏進內心深處的那份情愫可能又會滿溢而出。

所以我只能離他越遠越好。

「……唉。」

教室一隅傳來了嘆息聲。

我忍不住循聲望去，發現霧島同學正在打掃，卻難受地皺著一張臉。

……難道是我造成的嗎？

我的心隱隱作痛。

因為我總是躲著他。所以如果他露出了那種表情，就不會這麼痛苦了吧。

好想和他說話。好想跟他聊聊昨天看的動畫。

好想告訴他，我不是因為討厭你才躲著你。

好想對他訴說──我的愛慕之意。

但情況不允許。

因為我是老師，而那孩子是我的學生。

讓自己遲鈍一點吧，不論是對他人的感情或對痛苦的敏感度。這樣應該能輕鬆一些。

這麼一來，我才能為人師表。

我拚命地壓抑自己的感情，繼續戴上這副鋼鐵面具。

在那之後，不知又過了幾分鐘──

社團教室也快要收拾完畢。

只要再整理一個書櫃，我們的工作就告一段落。

不過那裡是冰川老師負責的區域──她還拒絕了我的幫忙。

我一邊清掃灰塵，同時看了看原為文藝社的這間社團教室。

嗯，跟一開始比起來已經變得乾淨許多了。雖然可能還要再打掃一下才行……但學務主任交代的工作已經完成，應該無所謂了吧。

這時——有個書櫃忽然猛地晃了一下。

原因不明，或許是塞在書櫃裡的書失去了平衡。總之書櫃開始傾斜，往下倒塌。

而且那是冰川老師負責整理的那個書櫃。

但冰川老師卻沒有察覺。

「唔！」

剎那間，我的身體下意識地動了起來。

就像在逃生階梯時那樣——最近真的很常發生這種事耶！

冰川老師對我非常冷淡，也一直躲著我。

但我毫不在乎，身體逕自跑了數公尺之遠。

接著跑到冰川老師和書櫃之間。

「——嗚！」

好、好痛——！上面掉下來的書砸到我的頭了！書的殺傷力居然這麼強喔！

因為實在太痛了，我忍不住閉上眼發出哀號。但在還沒閉眼之前，我看到冰川老師嚇得

冰川老師想交個宅宅男友

目瞪口呆的樣子。

看樣子應該沒受傷吧……太好了，我成功保護她了。

「你、你沒事吧，霧島同學！」

「啊，嗯，我沒事。書櫃裡沒放那麼多書——好痛！」

一滴血滴落而下，沾附在我手上。

同一時間，我的頭也隱隱作痛。

應該是掉下來的書稍微擦到額頭了。這點小傷貼個ＯＫ繃就沒事了吧。

但冰川老師似乎不這麼想。

她臉色蒼白，渾身發抖。

「真、真的沒事嗎，霧島同學！額、額頭都流血了！」

「啊，不，這點小傷沒關係啦。放著不管就會自己止血了。」

「那怎麼行，必須好好治療！我去保健室拿急救包過來。霧島同學，你乖乖待著！」

「太誇張了啦。真的沒關係。而且我們還沒收拾完——」

「絕、對、不、行！」

冰川老師頂著恐怖又嚴肅的表情，斬釘截鐵地說道。

「給我乖乖坐在這裡，聽見沒有？」

說完這句話，冰川老師便急忙跑出去了。

看她的樣子不像是在開玩笑——似乎是真的在擔心我。

這份心意讓我欣喜若狂。冰川老師離開後，我一個人在教室裡竊笑不已。

不一會兒，冰川老師就踏著和離開時相同的腳步聲返回教室。

可是……

「……冰川老師，妳拿了多少過來啊？」

她兩手都塞滿了急救包，簡直像把保健室搜刮一空似的。

冰川老師面紅耳赤地說：

「……因、因為校醫不在……其實我不知道該拿哪個才對，總、總之就把看到的全都拿來了。」

「咦？難道妳全都拿過來了嗎？」

「沒、沒有啊？其他人或許也會用到嘛，所以我只拿了一半。」

好像沒什麼差別耶。

冰川老師從帶來的急救包中拿出消毒水和紗布，往我這裡靠近。

接著還伸出了手。

「咦、咦？不、不用啦。只是上藥而已，我一個人也沒問題。」

「不行，霧島同學是傷患，給我老實點。」

「可是——」

「而且……這點小事，就讓我效勞吧。」

冰川老師露出有些黯淡的笑容。

顯然是受到自責的驅使。

經她這麼一說，我也無法斷然拒絕。

「……可能會有點痛，忍一忍喔。」

「唔！」

「看吧，就教你別亂動。」

我坐在椅子上，冰川老師探出身子，用緊盯著我的臉的姿勢將紗布抵上我的額頭。

但這個姿勢可以從上面窺視到冰川老師的胸口。

唔！我、我不知道該看哪裡！

但如果把臉轉過去，冰川老師又會警告我「不准動」。沒辦法，就閉眼忍耐一下吧……

結果一閉眼就聞到舒服的香氣，害我怎麼也無法驅趕腦中的邪念。

放學後。

橙色的陽光灑進教室內，徐徐微風輕撫著肌膚。

第七章

雖然額頭很痛——但和冰川老師相處的這段時間實在很幸福。儘管不至於到「幸好我受傷了」的程度，但至少沒讓冰川老師受傷，讓我覺得十分慶幸。

「……為什麼要那麼做？」

冰川老師溫柔地用紗布消毒傷口時，忽然用微不可聞的聲音低喃道。

「霧島同學，你是學生。而我是必須指導……並保護學生的老師喔？所以你不必做這麼危險的事。別再有下一次了，那個，我會擔心。」

「呃……我、我辦不到。」

「咦？」

冰川老師猛然抬起頭。

但我沒辦法答應她的要求。

如果再發生這種事——我還是會毫不猶豫地衝過去吧。

不是因為對方是老師，是冰川老師才會讓我奮不顧身。看到喜歡的人身陷險境——我一定會不假思索地衝上前。

「那個，冰川老師。」

我直盯著她看。

被木乃葉激勵過後，我想了很多。

冰川老師想交個宅宅男友

雖然被冰川老師甩了，但有件事，我想再親口告訴她一次。

為此，上週我都在拚命練習。

我覺得現在的自己應該做得到。現在應該能傳遞出這份珍貴的心情。

於是我下定決心說道：

「冰川老師，我有話要對妳說——等等可以撥點時間給我嗎？」

◆◆◆

……他到底要對我說什麼呢？

在日暮斜陽的天空下，我跟在霧島同學身後走著。

我和他之間的距離感勉強可以說是「剛好要走同一個方向」。

我保持這樣的距離跟在他後頭。

其實我沒理由乖乖跟他走……但他說得這麼認真，我也無法忽視。而且我還讓他受傷，心裡有些過意不去。

我暫時放下手邊工作。

多虧前幾天不顧一切地拚命工作，我現在多少能抽點時間。

慶花高中在這方面很通融。與其說是能靈活安排加班時間，應該說不管在學校做多少工作也不會被責備，這個職場就是如此。

我可能很久沒在學生回家的這段時間離開學校了。

但或許是因為霧島同學刻意選路走，周遭完全沒有學生的蹤影。

所以我才能向霧島同學搭話。

「那個，霧島同學，我們要去哪裡？」

「呃，先保密。快到了，請繼續跟我走吧。」

我問了好幾次，但霧島同學堅持不告訴我。

那個……我、我不是在懷疑他啦，但、但應該不是奇怪的地方吧？他不會忽然把我帶進外觀看似西洋風城堡的建築物裡吧？

當我開始心跳加速時，前方的視野忽然一片遼闊——

「哇……」

我不禁發出微微的驚嘆聲。

這是一座高台，可以將慶花町的全景盡收眼底。

能看見我們的高中位於稍微遠一點的地方。難怪需要走這麼長一段時間。

但還不僅如此。

冰川老師想交個宅宅男友

這座高台上，有個現今已無人使用的荒廢教堂。

……奇怪，我好像在哪裡見過這幅景象。

難道我以前來過嗎？不，應該沒有。因為在霧島同學帶我過來之前，我根本不知道這個地方。而且，與其說是我親眼目睹，更像是在電視上播放的——

「啊！霧、霧島同學！難道這裡是！」

「不愧是冰川老師，妳發現啦？這裡跟《碧藍奇蹟》第十六集的那一幕很像吧？」

嗯，沒錯！哇～原來慶花町還有這種地方啊。

這幾年我都在慶花高中任教，卻完全沒發現這一處。

順帶一提，《碧藍奇蹟》第十六集，就是我最喜歡的亞勒斯告白的那一集。

之前在咖啡廳時，我也讓霧島同學看過。

但我萬萬沒想到，居然在這麼近的地方就能看見亞勒斯告白時的那個場景。

呃，其實只是「感覺很像」的程度而已，也有許多相異之處——但配上眼前的晚霞，實在令人著迷。

簡直就像我自己變成了劇中的人物一般——

「冰川老師。」

霧島同學轉向我。

他的表情非常認真，讓我忍不住怦然心動。

「我要先向妳道歉。讓妳在百忙之中特地撥出時間。」

「這沒什麼啦……你想跟我說什麼？」

難道是告白之類的嗎？不，應該就是吧。他把我帶到我應該會喜歡的地點，一定就是要說那些話。

我感受到一股椎心之痛。

不管他說什麼，我的答案都不會改變。

雖然紗矢說會為我加油——但我不夠瀟脫，沒辦法說放就放。想到霧島同學，再想想我自己，就覺得我們交往後只會弊大於利。

我心懷這般思緒，而他言簡意賅地對我說「是關於師生間的關係」。

「在那之後，涼真——呃，我委婉地詢問了認識的老師，還做了很多調查。老師和學生要成為情侶，果然還是很困難呢。」

「……你想說這些的話，我一點興趣也沒有。」

如果再繼續聽下去，我一定無法割捨這份眷戀。

不僅如此，或許還會被絆住無法前進。

所以我想早一步打住這個話題。

像平常那樣——擺出對待學生的嚴厲態度。

「我說過了吧？『霧島同學不是我的理想男友』。你以為我在開玩笑嗎？」

「不，我沒有——」

「再說，跟你在一起的那段時間，我一點也不快樂。」

我明明不想說這些話。但霧島同學已經越線，為了疏遠他，我就說了這些違心之論。

但我已經停不下來了。

明明不想讓他更討厭我——我還是將這句話說出口。

「只、只是因為我現在剛好沒有男朋友，我才會接受你。雖然不知道你有什麼誤會，但我對你根本沒有半分好感。一切都是謊話。其實我、我很討厭霧島同學。」

啊啊，我說出口了。

我顫抖地嘆了口氣並低下頭去。

尖銳的感情不停戳刺我的內心，胸口的痛楚鮮明且劇烈。

這樣一定會被他徹底討厭吧。

明明是我自己做的決定、自己闖的禍，卻痛苦得無以復加。

但霧島同學應該也會放棄了吧。對無情的我厭惡至極，當場離我遠去——

可是……

「呃，雖然我說這話不太妥當……但妳在撒謊吧？」

儘管我說了這些狠話，霧島同學卻只是為難地笑了笑。

「才、才不是，我是認真的。」

「那個，該怎麼說呢？雖然可以先解釋……但還是先把這個還給妳。抱歉，隔了這麼久才還。」

說完，他把一本手帳交給我。我還以為那本手帳已經弄丟了。

咦、咦？這在霧島同學那邊嗎？

而且這不是單純的手帳，其實有點像日記。

我用顫抖的語氣問道：

「難、難道，霧島同學……你看了、裡面的內容嗎……？」

「……………冰川老師，妳是個表裡如一的完美模範呢。」

「一定看了吧！」

他絕對！絕對看了！否則不會說出那種話！

因為太過丟臉，我發現自己的臉頰變得熱辣辣的。

畢竟那本手帳裡寫了和霧島同學相遇後的事情……更可怕的是，還有「好想和這種男生交往」這種不堪入目的事情。

沒想到那些內容被霧島同學看到了。

「不、不對！那、那都是誤會、那個、該怎麼說……」

但我臨時也想不出合適的藉口。

「……………………對，我就是這種丟臉的人。霧島同學，你可以笑我沒關係。哈哈。（眼神死透）」

「冰川老師，妳怎麼忽然這樣！」

霧島同學用擔憂的眼神看著我，我卻無暇在乎。啊啊，那麼丟臉的內容居然被別人看見了，而且偏偏是被當事人看見。

我的心情跌落谷底，但霧島同學輕咳了幾聲。

「……不過，冰川老師說得果然沒錯。」

他輕聲低喃。

他的目光低垂，繼續說道：

「現在的我無法負責。就算我們交往——萬一東窗事發，最後也是冰川老師會被迫扛責。因為不管怎麼說，我只是個孩子，冰川老師是大人。即使我這種人提出交往的要求，的確是無稽之談。」

「那——」

「『所以，我已經做好心理準備了』。」

霧島同學抬起頭來，語氣相當堅決。

他的眼眸的確充滿覺悟。

「我已經準備要對世人繼續說謊，準備繼續欺騙周遭的人；準備繼續努力隱瞞實情，準備繼續努力，不管發生任何事都能迎刃而解，也準備繼續守護老師。而且，『我也準備要負起責任了』。」

「負起、責任……？」

「對。」

霧島同學點點頭，並從口袋中拿出某個物品。

橙黃色的陽光灑落而下，將那個東西照得閃閃發光。

那是一個戒指盒。換句話說，那裡面放了戒指。

「咦？這是……」

霧島同學打開戒指盒後，裡面放的是在《碧藍奇蹟》中出現過的戒指。而且是我最喜歡的亞勒斯在故事中送給女主角的戒指。

咦？怎麼會？他是在哪裡買的？這應該不是官方周邊啊！

我不禁看得出神——

忽然間，我發現此刻的情景跟動畫重疊了。

我記得在動畫中，亞勒斯就是在黃昏的教堂前向女主角求婚——

這時，我才終於發現霧島同學為什麼要選這個地點了。

因為我說過很喜歡那部動畫，因為我說霧島同學不是我的「理想男友」，因為我在那本手帳裡寫：我喜歡能包容自己的興趣——願意和我一起熱衷於喜歡的作品的男孩子。

而且，一定是因為——前陣子我說過很憧憬這種求婚方式。

所以霧島同學才為我準備了這個舞台。

「唔！」

搭配眼前的景色，早已看過數十次的動畫台詞鮮明地浮現在我的腦海中。

霧島同學似乎也為了配合那一幕，開口說道：

『或許現在的我還很弱小，沒辦法守護妳。』

「或許我很傻，和老師理想中的男友相距甚遠。」

『但我會拚命鍛鍊、奮發努力，未來一定會變得更強。』

「但我會拚命讀書、奮發努力，未來一定會變得更好。」

『——所以，請妳嫁給我吧。』

那個模樣——「完全就是我的『理想男友』」。

我傾盡全力對老師求婚了。

這就是我想出來的方法。

在附近跟動畫場景雷同的地點——用冰川老師理想的方式向她告白。至於戒指，是在之前木乃葉告訴我的那個飾品網站上買的。而且我還帶到學校去，以便逮到機會就能隨時向她告白。

聽到我的告白後，冰川老師低下頭沉默不語。

咦、咦？奇怪？這樣還是行不通嗎？

我的心變得七上八下，感覺快要哭出來了。這時，冰川老師抬起頭來。

她的表情感覺有點不可思議。

「那個……我想先問一個問題。」

「霧島同學，你才高二吧……？你要怎麼結婚？」

「說得也是喔！」

聽到這番理所當然到極點的正論，我大吼一聲頹然倒地。

我知道，這種事我當然知道……但我只能這麼做了啊……

啊啊，結束了。

冰川老師一定嚇死了……不對，冷靜想想，忽然求婚這種舉動一點也不正常。我為什麼要搞這一齣啊——

「可是——我好開心。」

「咦……？」

我一抬頭，發現冰川老師揚起一抹溫柔的笑。

「霧島同學為我付出的努力……那個，我已經充分感受到了。所以，結婚這件事……該怎麼說，就等霧島同學畢業後再說吧。」

「……咦？」

我頓時沒聽懂老師在說什麼，雙眼直盯著她看。

冰川老師依舊將臉別向一旁，連耳際都染成了朱紅色。

「這、這、難道——」

「我、我不會再說第二次了。因為霧島同學都說到這個份上……我怎麼可能不動搖嘛。而且……唯獨這件事，我希望你不要誤會。因為我…………同學。」

「咦？妳說什麼？」

「我、我說，我……霧島同學。」

「咦？妳說什麼？」

「我、我說！我喜歡霧島同學啦！」

「咦？妳說什麼？」

「你剛才明明聽得一清二楚吧！為什麼要學那些耳背型的主角啊！」

呃，因為冰川老師很可愛嘛。

不過，老師像這樣對我發火，讓我覺得有點開心。

不是因為我喜歡被虐……因為之前冰川老師都把我當外人看待。她會對我發怒，感覺我們的距離就縮短了一些。

冰川老師偷偷向我湊近，小聲說道：

「你可能已經體會到了……但我很難搞喔？」

「這一點我也很喜歡。」

「可能會讓霧島同學的人生天翻地覆喔？」

「只要能和冰川老師在一起，這樣應該也很有趣。」

「對不起，之前對你說了那些狠話。」

「請別放在心上。能發掘到冰川老師嶄新的一面，我覺得很開心。」

「霧島同學，這樣感覺有點變態耶？」

「我喜歡冰川老師，所以無所謂。」

「那個、呃……我知道啦。」

冰川老師羞澀地這麼說，接著忽然朝教堂踏出一步。

然後她轉過身，身後襯著晚霞，露出一抹耀眼的笑。

「霧島同學。我是個差勁又一無是處的大人。」

「——但在未來的日子裡，你願意繼續和我一起編織『謊言』嗎？」

「嗯，當然願意。」

我馬上回答。

冰川老師露出有些為難的笑容，傻眼地嘆了口氣。

隨後，她帶著心意已決的神情面向前方說道：

「──那以後就請你多多指教了，霧島同學。」

於是，我和冰川老師──再次成為了戀人。

夕陽西斜的街道上。

回程時，我和冰川老師並肩走在來時的道路上。

走在一起時會稍稍觸碰到彼此的手背，我們就會害羞地微微一笑。能像這樣和她相視而笑，讓我欣喜若狂。

我抬頭仰望天空，眼前那片遼闊的美麗夕陽彷彿在祝福我們似的。

我忍不住瞇起雙眼，嘴角揚起一抹笑意。

「那我先回學校一趟……得把工作做完才行。」

接近學校時，冰川老師有些落寞地這麼說。

「霧島同學，明天見。」

「呃，我送妳到學校吧……我會保持距離。」

「是、是嗎？那就拜託你了。」

冰川老師馬上綻放出愉悅的微笑。

隨後，我們一邊留意彼此的距離，一同走到學校。

——走近慶花高中時，我看見一個穿著制服的金髮太妹站在校舍屋頂上發呆。

嗯？除了我之外，這間學校還有外表這麼顯眼的學生嗎？

我心生疑惑，接著似乎和那名金髮太妹四目相交。

不僅如此，看到我們離學校越來越近，那名少女竟瞪大了雙眼。

我們明明沒有走在一起——「但她似乎已經發現我跟冰川老師是什麼關係了」。

金髮太妹從我的視線範圍內消失，可能已經離開頂樓了吧。

但這份說不出的忐忑卻遲遲沒有消散。

第八章

我和冰川老師再次成為戀人後，又過了將近一週。

這段期間，我們沒有任何交集。

◆ ◆ ◆

教職員辦公室。

我默默地敲著鍵盤工作。

「…………」

有時候會不小心敲得太大力，讓在隔壁工作的老師嚇得渾身一震。我連忙低下頭，但那位老師卻只回我一個尷尬的表情。

這樣不行。

明知道這樣不行……心裡的焦躁感卻揮之不去。

第八章

我和霧島同學再次變回戀人後，已經過了將近一週。

但這段時間卻沒有任何交集。「真的什麼事也沒發生」。

而且在那之後，連一次兩人獨處的時間都沒有。

至於原因——是因為我真的太忙了。

慶花高中和當地社區四月底要一起舉辦賞花季。衍生的工作接二連三地來，結果根本抽不出時間。

這段期間，我每天都忙到天色暗了才回家。

當然，因為我們住得很近，也並非完全不能見面……但身為一名老師，和學生來往時必須謹守分寸。晚上前往獨居的男友家，在各種層面上都非常危險。萬一被其他人看見就立刻完蛋了。

所以我只能果斷說服自己：無法見面也是無可奈何。

但霧島同學卻用一句「啊，那就沒辦法了」馬上就接受現實，讓我鬱悶極了。

稍微說點任性的話也無所謂啊。

可以告訴我「好寂寞」、「好想見妳」啊。

雖然無法撥出時間，但如果他對我說這種話，我就不會這麼悶悶不樂了。這難道是……

（……難道，只有我想要和他獨處見面嗎？）

一思及此，我忍不住生起悶氣。

可是霧島同學並沒有對我說這種話。

感覺好像只有我覺得寂寞、想和他見面而已。

（……他明明說了他喜歡我。）

我唔唔唔唔地嘟噥了一陣，並讓自己埋首於工作之中。

戀愛真的有種不可思議的力量。

例如會讓人莫名幹勁十足。只要是為了女友，感覺什麼都做得到。

和冰川老師變成戀人後，又過了將近一週。

這天早上，我也如上述所說地渾身幹勁，一大早就到圖書館報到，久違地用功讀書。

讀完一個段落後，我將自動筆扔在一邊，用力伸了個懶腰。

我最近每天都會過來讀書。但或許是平常沒這個習慣，我覺得肩膀莫名痠痛。

但是……

……我還是完全看不懂。

可能是太久沒讀書的緣故，上週才出的講義作業，我幾乎都不會寫。

好不容易湧起幹勁，我才想說一大早就去學校用功讀書——看來以前打混留下的空缺太大了。

話說回來，我為什麼會忽然做這種事呢……嗯，因為有點丟臉，我其實不太想說，但原因就是各位想的那樣。

說白一點，我不想讓冰川老師看到糟糕的一面。

不想讓冰川老師認為我頭腦不靈光。她一定看過我去年的成績了，所以已經是亡羊補牢也說不定。儘管如此，如果今年開始努力，說不定還有機會掩蓋這個事實。

所以，為了至少能在冰川老師面前取得好成績，我才會一反常態到圖書館K書。

當然，「不會在明知做不到的事情上努力，也不會為此耗費時間」這個主張，我也沒打算徹底扭轉。

但為了打腫臉充胖子，我確實認為這麼做或許也無妨。

到頭來，我所秉持的主張就是如此。

「好！」

今天的進度達標後，我收拾書包站起身。

不過——

冰川老師想交個宅宅男友

那個金髮太妹到底是誰？說不定祕密已經曝光了……雖然我這麼想，但在那之後，對方並沒有和我接觸。話雖如此，我和老師的關係也沒有落人口實，什麼事也沒發生。

有一陣子，我在猶豫是否要找冰川老師商量這件事，但既然到目前為止都沒什麼事，這樣只會增添她的不安。還是打消這個念頭比較好。

其實冰川老師現在也很忙，我們已經一週沒獨處了。

連在課堂上最後一次見到她都是三天前的事情了。

說實話，我真的很想跟冰川老師說「好想現在就見妳一面」。

但老師是社會人士。現在這段時期很忙，我應該不能說這種任性的話。我在網路看過文章，生活習慣不同也會是造成分手的原因，讓我有點在意。這時就該由身為學生的我配合她的作息，畢竟我的時間較為彈性。

哎呀，但她會不會覺得我這個男朋友太會察言觀色了？

有種「看透一切」的感覺？不過身為男友，這點小事是理所當然的。

我想著這些事，不知不覺就快到班會時間了。

我拿著書包起身，準備回自己的教室。

「同學，可以打擾一下嗎？」

聽到這個聲音，我忍不住停下腳步。

我看了看周圍……但附近沒有其他人在。難道那個人是在跟我說話嗎？

「幹嘛東張西望？我就是在叫你啦，霧島同學。」

這次我才重新望向聲音的主人——是一名女性。

我記得她是圖書館的管理員老師。外表看起來很像校醫，該怎麼說呢，總覺得她非常適合「妖豔」這個形容詞。名字是……我不知道。因為最近我常來圖書館K書，好像有見過她幾次。

但對方怎麼會知道我的名字呢？

可能我將這個疑問寫在臉上了吧，管理員老師的表情有點傻眼。

「我說啊，雖然我也不會說自己記得所有學生的長相和姓名……但好歹還是認識你這號人物。畢竟你很有名嘛。」

「是、是嗎……呃，找我有什麼事嗎？」

「嗯。你最近好像常來圖書館……你想不想盡點力，讓這裡的環境更舒適一點？我這邊人手不太夠，想請你幫個忙。」

「幫忙嗎？」

「對啊。具體來說，我想請你把前段時間採購的書排到書櫃上。我姑且有對幾位老師和圖書委員開口啦……但我找到的人選幾乎都是女孩子。要是有你這種強壯的男孩子在，我會很開心的。」

「……我是沒差啦。但我在場的話，其他人應該會不好工作吧？」

「噗。」

我明明很認真回答，但不知為何，管理員老師卻忽然噗哧一笑。

她抱著肚子笑個不停。

「呵呵，霧、霧島同學，你很有趣耶。呵呵……一、一般人會說『自己讓別人很難工作』這種話嗎？」

「呃、可是，這是事實啊……」

「啊～因為你最近好像很認真，我覺得你跟傳聞中不太一樣才會找你搭話……但你比我想像中還要有趣呢。當然，我指的是好的方面。」

「是、是嗎？」

「但你在場的話，有些人可能真的會怕吧……但這也不是團隊工作，應該不成問題。」

「妳好歹是老師耶，可以說這種話嗎？」

「這是事實吧？」

「是沒錯啦。」

「總之就拜託你嘍。你能幫忙的話就好了——那今天放學後見。」

第八章

管理員老師向我揮揮手，就走進圖書館後方的小房間裡了。

無所謂，反正我也沒事做。

我心想著我可能接了個麻煩的工作，並嘆了一口氣。

時間來到放學後。

一到圖書館，果不其然，那些擔任圖書委員的學生都對我投以驚訝的視線。

感覺就像「咦？他怎麼會來這裡？」。

但也沒有人直接站出來問。這樣一來，如果他們沒問，我卻回答「是老師拜託我才來的」也很奇怪。

最後，我和那群圖書委員保持一段距離，呆呆地站在原地。明明有好幾個圖書委員，我卻完全聽不見他們說話的聲音。雖然聽得出他們偷偷在說悄悄話就是了！

老師！管理員老師！拜託妳趕快來吧！這股氣氛讓我好難受啊！

正當我在心中如此吶喊時——

「那、那個，櫻井老師！我、我手邊還有工作……」

「別這麼說嘛，一直拚命工作，效率會降低喔？偶爾也該喘口氣才行。而且我這邊人手完全不夠……吶，就當是幫我個忙嘛。可以吧，真白老師？」

「那、那個，不要叫我真白老師。在學生面前不太好。」

像這樣一邊嬉鬧，一邊被拉進圖書館的人，正是冰川老師。

好久沒在班會以外的時間看到冰川老師了。

我的心頓時跳得飛快，情緒也亢奮起來。哦~原來如此。和那名管理員老師在一起時，冰川老師是這種感覺啊……

另一方面，冰川老師也睜大雙眼，似乎發現我也在場了。

為了不讓冰川老師以外的人發現，我輕輕地向她揮手。可是……

（…………咦？）

冰川老師卻將臉別向一旁。

明明是教師模式，她卻生氣地鼓著臉頰鬧脾氣。是我的錯覺嗎？

這、這到底怎麼回事？

呃，這裡還有其他學生在耶，可以表現出這種態度嗎？

「好，都到齊了吧？謝謝各位今天來幫忙。啊，也謝謝霧島同學，我這麼臨時拜託你。」

「不、不會……」

「今天想麻煩各位將書本分類並放上書櫃。已經大致分類過了，所以只要照作者的五十音順序排放整齊即可。圖書委員就依照年級分組……霧島同學要分在哪一組呢？」

「咦？」

「我想讓你幫忙我或真白老師啦……你想跟誰一起工作？我個人希望你這種孔武有力的人可以來我這邊就是了。」

二選一的難題忽然擺在我的面前。

可是……

（啊啊，冰川老師，別再露出這種表情了啦……）

冰川老師還是一副嘔氣的模樣，還時不時瞥我幾眼，同時又露出有些不安的神情。可說是相當高超的絕技。

真是的，就算不露出這種表情，我的答案也早在一開始就決定好了。

為了只讓冰川老師一個人明白，我微微一笑。雖然僅有一瞬，但她也勾起一抹燦笑。

接著，我用堅決無比的口氣。

對管理員老師說道：

「不，我一個人做就行了。」

冰川老師想交個宅宅男友

啦啦啦～～♪

我一邊哼歌，一邊單獨進行作業。

這種工作就該一個人做才輕鬆。

跟冰川老師一起工作當然很快樂……但我們是戀人關係，為了避免遭人無端猜忌，實在不該隨便接觸彼此。但也可能是我想太多了啦。

雖然是我自賣自誇，但我剛才那番回覆，真的可以用完美兩字形容。

雖然真的很寂寞，很想和她在一起……但這也無可奈何。

我猜冰川老師也會很感謝我這樣回答吧。

……理應如此，但不知為何，我從剛才就一直感受到寒氣逼人。

感覺有點像冰屬性的氣息。

啊！這該不會是殺氣吧！

我猛然回頭，就發現——

「……呃，冰川老師，妳在做什麼？」

冰川老師從書櫃邊探出一張臉，用怨念超深的眼神提出抗議。

而且她還氣得火冒三丈。

第八章

鼓得脹嘟嘟的臉頰活像一隻松鼠。

……呃，到底怎麼回事？

我只感覺到她在生氣，但完全搞不懂她這些舉動的本意為何。

確定四下無人後，我試著向她提問。

「請問……妳怎麼了，冰川老師？」

「…………（轉頭）」

「喂～冰川老師～？」

「哼～」

這是怎樣，超可愛耶。

冰川老師將臉別向一旁，一副「我才不想理你」的樣子。

老實說，真的可愛到不行……但她大概是在生氣吧？

咦？我做了什麼？怎麼一點印象都沒有啊！

硬要說的話，頂多是為了讓冰川老師專心工作，稍微和她保持距離而已——但應該不是這樣。總不可能是我剛才那句「一個人做就好」造成的吧？

那到底是怎麼回事？

我正如此心想時——

冰川老師
想交個宅宅男友

「…………唔唔唔唔唔！」

冰川老師忽然發出苦悶的呻吟，抱頭蹲在地上。

簡直就像被驅魔師驅趕的惡魔一樣。

我急忙跑到她身邊問道：

「冰、冰川老師！怎、怎麼忽然這個反應！」

「不，總覺得剛剛那種反應有年齡限制……二十五歲的阿姨應該超齡了吧……哈哈，有夠蠢的。」

「…………」

這句話很難回答耶，簡直要逼死人。

冰川老師露出毫無光芒、完全失去靈魂的眼神，並勾起一抹淺笑。

渾身上下散發出馬上就要黑化的氣息。

呃，雖然我覺得很可愛……但該怎麼說呢，我心裡有種預感，要是隨便開口安慰，她的狀況會更加惡化。

「對了，冰川老師待在這裡沒問題嗎？應該要整理書籍才行。而且，那個……我們還是不要走太近比較好。」

我和冰川老師被分配到的區域應該不一樣。

冰川老師想交個宅宅男友

如果我們在一起的話，會不會招致奇怪的誤會？

按照我們現在的關係來看，我還是想盡量避開這種事。

冰川老師應該也對這點相當清楚才是……

下一秒，冰川老師有些落寞地呢喃：

「這種事……我當然知道啊。可是……」

「可是？怎麼了嗎，冰川老師？」

「哼～」

「就算妳用可愛的反應跟我鬧脾氣，但要說清楚我才會懂啊……」

而且那種反應，待會兒搞不好又會讓她黑化。

「……霧島同學說得沒錯，我們確實不該走得太近。可是無所謂，因為我那邊已經整理完了。」

「咦？才剛開始十分鐘左右而已耶？」

「我那邊的書量沒那麼多。所以我只是來幫還沒整理完的學生……這樣就可以了吧？」

冰川老師小心翼翼地抬眼詢問我。

聞言，我忍不住點頭……太狡猾了吧。被她這麼一說，我怎麼可能拒絕嘛。

其實這樣確實也不會構成問題啦。大概吧。

於是我們開始整理書籍。

這時，我忽然發現一件事便開口問道：

「對了，冰川老師，妳跟管理員……櫻井老師感情很好耶。」

因為冰川老師被大家稱為「雪姬」，我就擅自認定她在校內也是個孤高的存在。但剛剛給人的感覺並非如此，看起來就是一般相處融洽的老師。

然而，冰川老師卻苦笑著緩緩搖頭。

「不到感情要好的程度啦，只是因為櫻井老師很會拉近人與人的距離。這陣子為了找可以放進入學考題的小說，我向她請教了很多問題，大概是這種感覺。」

「是喔，原來那也是老師的工作。」

慶花高中是私校，入學考試的題目是獨自擬定的。

我記得國文科的題目中應該有評論和小說題材。雖然可以想見，但決定出題方向似乎也是老師的工作範圍。

「雖然不能說得太詳細，但我們幾個老師會將各自想放進入學考題的『小說』拼湊在一塊兒。雖然時間有點早，但姑且還是要思考一番。不過比想像中困難很多呢。」

「？很困難嗎？」

「嗯。最近入學考題使用過的小說都會被補習班破解，所以不能再拿來用了。至少不能

冰川老師想交個宅宅男友

和近幾年的入學考題或其他學校的入學考題重複。當然一定得用優秀的作品入題才行，但也必須帶點衝擊性之類的因素。」

「哦～確實很困難……順帶一題，冰川老師想選哪一部小說呢？」

這個問題應該算是禁忌，但我還是因為好奇而忍不住問出口。

這種要列入考題的作品，果然還是非純文學莫屬吧。

只見冰川老師從書櫃中拿出一本書，彷彿要以此作答。

那本書的封面上寫著：

《不起眼女主角培育法》

「妳也太重視衝擊性了吧！」

「這是一部好作品啊？」

「那還用說嗎！」

「而且絕對不會重複喔？」

「是沒錯！因為將輕小說列進入學考題這種事根本前所未聞啊！再說，妳想用《不起眼》出什麼問題啊！」

第八章

「女角當中最可愛的是哪一位？」

「我覺得只會引發戰火！」

我使出渾身解數吐槽後，冰川老師便呵呵笑了起來。

這應該是開玩笑的吧。其他老師怎麼會同意將輕小說列進入學考題呢？如果真的出這種題目，感覺很有趣就是了。

「……對了，我從剛剛就想問了。不覺得這裡很多輕小說嗎？」

我負責整理的這個書櫃排滿了輕小說。

總覺得學校圖書館裡放這種書有點怪怪的。

呃，我反而很開心，也覺得這樣不錯啦。畢竟我有時候也會向圖書館提案採購。但數量這麼多，有點不太尋常吧……類別比二流的書店還要齊全。

「啊啊，那個啊，好像是櫻井老師為了讓學生多少對閱讀提起興趣才買來的。其實迴響還不錯喔。」

不知不覺間，冰川老師已經站在我身邊了。

我們從頭到尾都是以「整理書籍」的名義在聊天。

「是喔。該怎麼說，有點意外耶。但以一名管理員老師的權限，會不會進太多了？」

「似乎有很多人匿名提出要求嘛。這也說得過去吧？」

冰川老師想交個宅宅男友

「啊～原來如此。只要學生提出要求，就可以合理採購了。但這樣一來，感覺來圖書館的人也會增加。實際上出借的次數也滿多的。」

「對吧？不枉費我提出了將近百張的提案卡。」

「原來幕後黑手是老師喔！」

沒想到她居然是幕後黑手。呃，匿名提案或許不會被發現……但只要能達到效果就無所謂嗎？

我們聊著聊著，作業也快要結束了。

或許是多虧聊天期間手也沒閒著，又或是整理的書籍正好是輕小說，這些作者的名字我大部分都認得，依序排列根本小事一樁。

「整理完的人可以就地解散喔～今天謝謝各位～」

圖書館後方傳來了管理員老師——櫻井老師的聲音。

眾人也此起彼落地予以回應。

雖然隔著書櫃看不見，但其他人似乎也都告一段落了。

「我們走吧，霧島同學。」

冰川老師用教師模式的語氣說道。

不管什麼時候看，都覺得她這方面的切換速度有夠驚人。

第八章

但離開這裡之前，我有話想對她說。

「那、那個，冰川老師，妳現在有空嗎？」

「有什麼事嗎，霧島同學？」

「那個，妳可能會覺得我有點娘，或是覺得我很煩人……」

「嗯？怎麼了？」

冰川老師有些吃驚地直盯著我看。

啊啊，可惡，難以啟齒。

但這是我的肺腑之言。下定決心後，我直接回望著老師的臉說道：

「呃，我們明明在交往，卻已經將近一週沒見了，對吧？」

「對、對啊。」

「該怎麼說……我好像，覺得有點寂寞。」

「咦？」

但這陣子我確實有這種感覺。

本來已經決定不要打擾冰川老師了……我卻如此軟弱，連自己都嚇了一大跳。以前明明覺得一個人也無所謂，現在卻覺得這麼寂寞。

我用輕鬆的態度連忙帶過，接著說道：

冰川老師想交個宅宅男友

「啊，我當然知道冰川老師很忙喔。所以不會要求妳想辦法解決這件事，只是想傳達我的心情——」

「霧島同學，可以聽我說句話嗎？」

「好、好啊，妳要說什麼？」

「我最喜歡你了。」

「怎麼忽然說這種話！我、我也喜歡妳就是了。」

這種忽然切換開關的方式是哪招！聽到她說喜歡我雖然開心，但這種情緒波動的感覺讓我有點忐忑不安耶！

冰川老師臉頰通紅，小心翼翼地揚起視線。

「我也、那個……老實說，可能也很寂寞。但我工作太忙了，沒辦法撥出時間……儘管如此，如果你可以不那麼顧慮我，我應該會很開心。你什麼都沒說的話，我才會覺得更寂寞。我、我、我在說什麼啊？亂七八糟的吧？」

「不會，我明白。」

如果立場對調的話，我應該也會有這種想法吧。

所以我完全能理解「即使我很忙，也希望對方不要太為我著想」這種心情。

「那下次我就拋開顧慮，直接衝過去嘍。但還是會慎選時間和場合啦。」

「嗯，謝謝你。還、還有，因為最近都沒時間見面，那個……」

「──讓我充電一下，好不好？」

冰川老師的手緊緊握住我的手指。

指尖被一股柔軟的觸感所包覆。

光是這樣，我就覺得臉頰變得熱呼呼的。

可是──

書櫃另一邊傳來了某人走近的腳步聲。

我們馬上拉開距離。

出現的是一名看似圖書委員的男孩子，他的身影直接消失在圖書館後方。

我和冰川老師依然不發一語，並看向剛才與彼此碰觸的部位。

「我該走了。」

冰川老師依依不捨地微微一笑，輕輕地和我揮手。

真的很想再多碰她一會兒……沒辦法，不能在學校冒這種風險。

於是我轉而開口道：

「好的。請努力工作吧，冰川老師。」

聽我這麼說，冰川老師靜靜地點頭，就離開圖書館了。

我的內心某處，浮現出一股稍嫌不足的遺憾。

第九章

『呵呵，霧島同學。姊姊有一個驚為天人的好點子。』

某天晚上。

我在家裡和冰川老師通電話。

最近冰川老師忙於工作，我一直沒能和她單獨見面。

於是我們開始「通電話」。

如果是電話的話，在絕不能被外人看見我們在一起的前提之下，又比傳簡訊更即時，也有一點和對方碰面的感覺。

所以不能見面的時候，我們就會通電話。

冰川老師在電話另一頭得意洋洋地說：

『雖然這陣子都會通電話……但偶爾還是想跟你單獨見面。所以我稍微思考了一下。』

「可是冰川老師最近比以前更忙了吧……」

『嗯。所以我在想，能不能利用絕對有空的午休時間見面呢？』

冰川老師想交個宅宅男友

「咦？在學校見面嗎？到底要怎麼做？在校內更要避免吧？」

『明天請你拭目以待。總之，霧島同學要把午休時間空下來喔。』

「那倒是無所謂……」

她到底想做什麼？

我不禁這麼想。但既然冰川老師覺得可行，應該就沒問題吧。

這時——

冰川老師語氣輕鬆地說完「對了」這兩個字之後。

態度驟變，用宛如黑化的嗓音說道：

『……對於二十五歲還自稱姊姊的女人，你有什麼看法？』

「我覺得很可愛啊。我覺得啦。」

『為什麼要重複兩次！』

隔天早上。

為了提前一小時到校，我出門便踏上通往學校的路。

若是問我原因，就是為了去圖書館K書。這是我最近的每日行程。

第九章

依我這種個性，我還以為自己肯定會是三分鐘熱度，沒想到卻堅持了這麼久，連我自己都感到訝異。但讀書方式還是一樣沒啥進步。

但與之前相比，最近我能感覺到一點成效，並非毫無長進。總有一天，我應該能讓冰川老師看見自己優秀的那一面！

「好，今天也要好好加油！」

很好～～～！衝啊！

或許是因為時值早晨，總覺得體內源源不絕地湧出活力！

我讓這股衝動引領全身，在通往學校的路上奔跑起來──

「……咦？拓也哥，你幹嘛笑得這麼爽朗？繼上次之後，這次看也覺得好噁心。」

──一遇到我的童年玩伴，小櫻木乃葉，我就被她用狠話猛地刺了一劍。

居然說我的爽朗笑容再看一次也覺得噁心。

那我到底該怎麼做才對？

好像很久沒見到木乃葉了。感覺之前每三天就會碰面，但跟冰川老師重新交往後，我已經將近一週沒見到她了。

木乃葉緊盯著我說：

「但你心情這麼好，可見告白真的成功了呢。」

「咦？妳連這都要懷疑嗎？我不是用ＬＩＮＥ跟妳回報過了嗎？」

「你的確有回報啦～但既然是拓也哥，就有可能因為被甩打擊過大，造假欺騙我啊。」

「我在妳心中到底是什麼樣的人啊？」

真想好好質問她一次……嗯，還是算了。腦中只浮現出一種結局，就是我會遍體鱗傷。

「對了，妳怎麼這麼早？」

我走在木乃葉身邊並問道。

現在應該還沒到上學時間，她為什麼這麼早就出門了？

……雖然我是這麼想，但也不怎麼在意。

我現在只想盡快前往圖書館。說實話，我一點興趣也沒有。

但木乃葉勾起一抹小惡魔的笑容。

「啊，拓也哥，你很在意嗎？開始在意我了嗎？」

「不，沒有啊。只是覺得有點奇怪而已，沒那個意思。我先走嘍。」

「你對我的態度變得太隨便了吧！」

「呃，因為我真的不在乎啊。反正應該是因為最近可以體驗入社，所以妳加入了某個社

團，待會兒要去晨練之類的吧？」

「你猜對了！雖然猜對了，但我一點也不開心！拓也哥，你好歹欠我一份人情吧！你有認知到這一點嗎？」

木乃葉氣呼呼地鼓起臉頰抗議。

我聳聳肩。

「……有有有，我知道啦。妳算是幫了我一個大忙。唉。」

「你的態度根本不像得到幫助的人。居然還對我嘆那麼大一口氣。」

「對了，木乃葉，妳現在在體驗什麼社團？」

「……這麼隨意就轉移到閒話家常的手段，我還是第一次見識到……我現在暫時加入了田徑社。」

「喔。」

「我也在考慮要不要當經理……拓也哥，你覺得我該怎麼做？」

「用輪盤決定好了？」

「你的反應從剛才開始就超級隨便！」

「呃，仔細想想，我都已經有女朋友了，還一大早就跟勉強可以歸類為『女孩子』的人聊天，實在不太妥當吧。」

冰川老師想交個宅宅男友

「『勉強算是女孩子』是什麼意思啊！我就是貨真價實的女孩子好嗎！」

「在生物學上應該算吧。」

「我反而想問你是從什麼觀點來看，才覺得我不是女孩子！」

「啊，以後妳可以不要忽然跑來我家嗎？我現在有女朋友，這種誤會能免則免。畢竟我現在有女朋友。」

「一直主張自己有女朋友，有夠煩人！」

每一句她都會狠狠吐槽。

木乃葉嘟著嘴，似乎有些悲傷。

「……不過，拓也哥主張的『不想招致誤會』，其實我可以理解……一想到不能常常跟你聊天，我可能覺得有些寂寞吧。」

「…………」

「啊，這話不是在責怪拓也哥喔？我完全理解你的主張……只是，喏，畢竟我跟拓也哥認識很久了嘛。如果變成那樣，總覺得有點遺憾。」

「木乃、葉……？」

「但現實就是如此。我們也沒辦法像這樣拌嘴一輩子……我也差不多該畢業了吧。」

木乃葉的表情因低下頭而被頭髮遮掩。

我看不到她的臉，但似乎能從她的身影感受到些許落寞。

或許是這個緣故，我搔了搔頭，忍不住開口說道：

「……呃，木乃葉。我的意思並不是以後絕對不能來啦……那個，或許不能用從前的模式和妳相處，但只要我有空，妳隨時都——」

「——你真以為我會說這種話嗎？拓也哥，你太傻了吧。」

……

…………咦？

木乃葉抬起頭，露出一副「詭計得逞」的表情。

那副狂妄的笑容讓人火冒三丈。

她帶著小惡魔般的神情盯著我的臉說：

「奇怪？拓也哥，難道你剛才覺得有點寂寞嗎？一想到我再也不會去你家玩，就覺得很寂寞嗎？」

「唔……」

「哎呀，正常來說，我怎麼可能會設身處地為拓也哥著想呢？再說，要是不能去你家，我要到哪裡納涼啊？『冷氣和Wi-Fi齊備，還能盡情享用飲料和零食』，別的地方哪有這種完美的條件啊。」

「呃，我先把話說清楚。是妳擅自開冰箱找東西吃而已，這是哪門子的盡情享用？妳以後真的要付錢喔。」

「所以我以後也會一直往拓也哥家裡跑！請多指教！」

木乃葉俐落地做出了敬禮的動作。

對於她這種令人啞口無言的厚臉皮，我也只能笑了。

我嘆了口氣後說道：

「至少來之前通知我一聲。」

「我會妥善處理！掰掰，我要去晨練了！」

語畢，木乃葉就往學校飛奔而去。

就算和冰川老師交往，我跟那傢伙的關係——應該還是一如往常。

於是，雖然我稍微提早到校。

但就算到了午休，冰川老師都沒有來找我……她昨天在電話裡說的到底是什麼意思？

第九章

這時——

「那個，加藤同學？昨天不是說午休要一起吃飯嗎！你很慢耶！」

「咦？我有說嗎？抱歉抱歉。」

有個可愛的女孩子站在教室外的走廊上。

結果，她和我們班上的一個男生開心地離開了……真羨慕。雖然我跟冰川老師完全不能做這種事，但心裡還是有類似「憧憬」的心情。

我不會奢求要做到那種程度，所以冰川老師能不能也像那樣過來找我呢？

當我正如此心想——

「那個，霧島同學。」

冰川老師走進教室後，一開口就叫了我的名字。

接著，她用絕對零度的眼神說：

「昨天不是說午休要在學生輔導室討論畢業後的出路嗎……太慢了吧？」

不對，不是這樣。

我在心中靜靜地喊出這句話。

冰川老師想交個宅宅男友

「吶、吶?姊姊的提案是不是很棒?這樣一來,就算我們獨處一室也不會被懷疑吧?」

「……………是啊,妳說得沒錯。唉。」

「你從剛才開始就怎麼回事?霧島同學,你好像很沮喪耶!那、那個……可以和我獨處,你不開心嗎?」

「不,我超級無敵開心。」

「是、是嗎……那、那是超級無敵開心的反應啊。」

「但覺得有點失望。」

「為什麼!」

呃,這不是冰川老師的錯。怎麼說呢,看到剛才那一幕後,兩者的落差實在太懸殊了。

我和冰川老師走在一起的模樣根本就是囚犯和獄警。

「……不過,能在午休時間和冰川老師見面,果然像作夢一樣。但可以這樣使用學生輔導室嗎?」

「其實不行啦。所以,雖然不能一直借用……但像這樣偶爾為之應該無所謂。也有其他老師會借用學生輔導室和學生對談。」

第九章

「是喔～」

「總之，我們來吃午餐吧。」

在冰川老師的提議下，我將帶來的午餐盒打開。

被帶到學生輔導室時，冰川老師對我說：「你的畢業出路應該要談很久，帶著午餐過來吧。」一周遭的學生完全沒有起疑，我感到安心的同時，又覺得有點可悲……班上同學到底是怎麼看待我的啊？

隨後，我們一邊吃午餐，一邊開心地談論宅宅話題。

聊著聊著，午休也將近尾聲了。

冰川老師忽然對我說：

「對了，霧島同學。你有在玩這個社群遊戲嗎？」

我看了看冰川老師遞過來的手機……螢幕上顯示的，是完美應用AR技術及定位資訊打造的超有名社群遊戲。

「啊，《迷你夢GO》嗎？我也有玩。」

「咦，真的嗎？那現在這個活動呢？」

「算是有在打。我的行動範圍很小，沒辦法拿到那麼多……啊，但最近好像有人一直在我們家附近放課金道具。拜此所賜，出現了很多迷你夢，所以這陣子玩得滿起勁的。」

冰川老師想交個宅宅男友

「啊，那個課金道具可能是我放的。」

「犯人就是老師喔！」

沒想到居然是我的女朋友。

因為那個道具，最近有些鄰居小孩和主婦都會在我家附近走來走去，有點恐怖耶。一堆人拿著手機站在這種平凡無奇的地方，乍看之下還以為是什麼新興宗教呢。

「……對了，那個迷你夢ＧＯ怎麼了嗎？」

「那個，其實那個活動裡出現的Boss迷你夢，好像就在櫻木町站那一帶……你知道嗎？」

「啊——跟最近上映的ＣＧ電影聯名的那個迷你夢吧？劇名好像是《超蒙的逆襲》。」

「咦？霧、霧島同學也知道這部電影嗎！」

「對啊。最近在網路上掀起話題呢。」

我點點頭說道：

「——我記得那是將二十年前左右的超舊電影重製上映吧？」

咕噗啊！

冰川老師嘔出一口血……的感覺。

冰川老師反覆喃喃自語著「二十年、二十年……」之類的話，並摀著胸口，感覺痛苦萬分。

咦？怎麼忽然這樣？冰川老師沒事吧！

「怎、怎麼了，冰川老師！妳還好嗎！」

「嗯、嗯，我很好……只是回想起一路走來的歲月點滴罷了。別放在心上。」

「是、是嗎？那、那就好……」

「……World Hobby Fight……夢幻迷你夢……被刪掉的存檔……嗚嗚，媽媽，不能刪啊。那個迷你夢刪掉就救不回來了……」

「根本一點都不好嘛！」

冰川老師痛苦了好一會兒後，總算打起精神了。

太好了，她好像恢復原狀了。

隨後，冰川老師「嗯嗯」幾聲，做出調整嗓子的動作。

「呃，那個，關於那個Boss迷你夢……就如我剛剛所說，會出現在櫻木町站那一帶。一個人去有點無聊，所以……」

冰川老師抬眼看著我說：

「如果是後天，我應該可以提早下班——有時間的話，後天要不要一起去？」

冰川老師想交個宅宅男友

我當然沒有拒絕。

於是，時間來到兩天後的放學時段。

從離學校最近的車站搭電車，約莫幾十分鐘就會抵達「櫻木町」。

我穿著便服來到這裡。

光聽這個地名，可能很多人都不太熟悉，但說到街景應該就不一樣了。畢竟這個車站周邊的景色就是大多數人想像中的「橫濱」。

居民的生活圈完美地和水融合在一起。巨大船舶甚至會駛進街道之中。仰望天空，能一窺大約七十樓的超級摩天大樓，港口旁還有充滿歷史風情的建築物「紅磚倉庫」。櫻木町站周邊就是這種帶點時髦感的街道。

我在櫻木町站的剪票口前等待冰川老師。

（……冰川老師好慢喔。）

幾分鐘前，她才打電話跟我說「已經到站了」……但到處都沒見到她的蹤影。咦，她真的走出剪票口了嗎？會不會是我漏看了？

我集中注意力觀察四周。

結果……

……好像有人在。

有個可疑人物從剪票口後方的洗手間裡緩緩現身。

用「可疑人物」來形容陌生人當然很失禮……但不管怎麼看，那個人都非常「可疑」。因為他將全黑的帽子拉得很低，戴著墨鏡和口罩。就算他說「我待會兒要去搶劫」，我也能馬上意會過來。

……不過，天底下居然真的有人會這樣打扮啊。

他從剛才就一直東張西望，可見那位強盜（暫稱）也在等人吧。老實說，我對和他約見面的人深感同情。

啊，那位強盜（暫稱）好像往這裡走過來了，而且還狀似親密地揮手。難道他等的人在我身邊嗎？

真、真不可思議…………我身邊一個人也沒有耶。

「喂，霧島同學！你怎麼從剛才就一直不理我啊？」

「因為冰川老師妳穿成這樣啦！」

實在不能裝作不認識她，我只好這麼回覆。

冰川老師的裝扮如同上述，完全就是個強盜。

冰川老師想交個宅宅男友

中途我就隱隱約約發現了，只是單純不想相信這個事實。

難不成我的女朋友會打扮成這樣赴約嗎……

「……那、那個，冰川老師，妳怎麼這身打扮？」

「怎、怎樣、霧島同學？居、居然、用那種看到怪人的眼神看我！你、你誤會了。你想想，要是被認識的人看到我們在一起，就會馬上完蛋吧？搞不好連警察都會上門……所以我才像這樣偽裝自己。」

「不！因為妳這身裝扮，警察才會先找上門吧！」

冰川老師不滿地悶哼一聲後，才心不甘情不願地換掉這身偽裝。

對了，冰川老師看起來對剛剛的裝扮樂在其中，是我的錯覺嗎？

這時——

「………？」

我忽然感受到身後有一股視線。

但我轉過頭去也只看見一大群人來來去去而已，根本沒有人緊盯著我們瞧。

是我多心了嗎？那倒無所謂……

「我們走吧，霧島同學。」

冰川老師在我前面幾步，並轉頭喊了我一聲。

總之我決定先忘掉那股視線，急忙地跟在她後頭。

「Boss迷你夢好像在這附近。」

從車站走了十幾分鐘後。

我們來到了臨海的公園。稍遠處能看見紅磚倉庫，路燈的光芒散發出優美的氛圍。

不只我們，這裡到處都是單手拿著手機的人。

不知情的人看了，可能會對眼前的景象感到疑惑——但從我們的觀點來看，這些人都是同志。或許因為平常都一個人玩，一想到有這麼多人在玩同一款遊戲就莫名地興奮起來。

「霧島同學，我們來玩吧。」

「好啊。」

我和冰川老師互看一眼後便打開APP。

在迷你夢GO這款遊戲中，必須組隊和活動限定的Boss迷你夢對戰。通常是由遊戲系統隨機組隊挑戰，但也可以和朋友一起組隊戰鬥。

雖然兩者獎勵相同，但因為必須進行回合戰——所以對實力有一定程度的把握，和足以穩定取勝的朋友共同作戰比較好。

冰川老師想交個宅宅男友

所以冰川老師才會找我吧。

但在這場共同作戰中，我的目標只有一個。

那就是，讓冰川老師覺得我是個可靠的男朋友。

雖然這只是個遊戲，但也不能輕忽。

像我這種在校成績很差的人，能綻放光彩的舞台有限。我絕對不能錯過這個大好機會。

而且，我要讓老師對我說「霧島同學真是太可靠了」……！

為此，這兩天我都拚命在玩這個遊戲。

前兩天向老師打聽之後，發現我們的等級幾乎相同，所以我現在應該遠遠拉開距離了。

我目前的玩家等級是五十一級。雖然還沒登上頂尖排行榜，但這個遊戲要達到七十級才會開放等級上限，因此我的等級算是相當高了。

不好意思，老師。這次沒有妳出場的機會了！

然後，我要讓老師說出「真是值得信賴的男朋友」這句話！

我堅信自己勝券在握，並切換到共同作戰模式。

這時，我第一次看到冰川老師的角色。

她的角色下方顯示了數值。

【姓名】ＳＮＯＷ
【等級】六十八

「呃，等級太高了吧！」
這位老師，妳到底玩得多拚命啊！這等級堪稱遊戲廢人了耶！
不過，等一下？好像不太對勁喔？畢竟她兩天前的等級跟我差不多耶？冰川老師工作這麼忙，能升等的時間應該有限。這到底怎麼回事……？
彷彿要回答我的疑問似的，冰川老師得意洋洋地說：
「霧島同學，就讓老師教教你人生的大道理吧。」
「咦？什麼人生大道理？這麼忽然？」
「金錢，買得到時間。」
「那不就只是課金而已嗎！」
「而且玩社群遊戲不能綁信用卡。」
「妳到底砸了多少錢啊！」
「沒、沒有很多喔？那個……我應該是把這個月薪水的一成左右……」
「啊，那也沒有課到很誇張——」

冰川老師
想交個宅宅男友

「我應該是把這個月薪水的一成左右，拿來當生活費了。」

「剩下的九成到哪兒去了！」

「霧島同學，我們開打吧。好，上吧——看招！課金三萬的道具激發的迷你夢之力！」

「這聲吶喊太寫實了，感覺不太舒服！」

「怎麼樣，霧島同學？我很可靠吧？」

「當然很可靠啊！但實力相差這麼懸殊，根本不需要我出場吧！」

這樣已經不算是共同作戰了，完全是寄生。

實際玩過一輪後，或許沒這麼誇張——這種假設完全不成立。實際玩過一輪後，我就是個徹底的廢物。因為冰川老師太強了嘛……我還來不及出手，冰川老師就接連擊敗敵人了。

冰川老師看著我，臉上彷彿寫著「怎麼樣？我派上用場了嗎？我很強吧？」。從剛剛開始我就只能一直膜拜她那得意洋洋的臉。真可愛。

可是……

「……好不容易有機會可以讓老師覺得『我很可靠』呢。」

「咦？難、難道、霧島同學也……跟我有同樣的想法嗎？」

不知為何，冰川老師居然對我不由自主說出的低語做出反應。

我不敢相信自己聽見了什麼，於是反問道：

「什麼？同樣的想法……那個，冰川老師也是嗎？」

「嗯、嗯。那個……哪怕只有一點點也好，我希望霧島同學覺得『我是個值得信賴的姊姊』。」

冰川老師語帶羞怯地低喃。

不會吧，冰川老師居然跟我想得一樣。所以我們才會這麼投緣啊。

「不過，是、是嗎？原來如此……霧島同學希望我覺得你很可靠嗎？」

「這、這個嘛，算是啦……」

「那你大可放心。」

說完，冰川老師帶著耀眼的笑容對我說：

「——你很可靠啊，這一點我很清楚。」

聽到這句話，我頓時害羞起來，完全喪失語言能力。

這位老師……真的有這一面呢。所以我才覺得一輩子都贏不了她。

「唔。」

就在此時。

冰川老師突然渾身一震。

接著她抓起我的手——開始狂奔猛衝。

「咦、咦？老師，妳怎麼突然跑起來了？」

「剛、剛才！我看到我們學校的學生了！他們是校內赫赫有名的情侶檔，我應該沒有看錯！」

「什麼？」

那、那也太危險了吧！

糟糕！因為這裡離學校很遠，我就放鬆戒心了！在車站剪票口感受到的那道神祕視線，說不定就是這對情侶。

這完全——是我思慮不周。既然這裡是知名的約會勝地，相約放學後過來玩也很正常。我應該先考量到這一點才對。

「哈啊、哈啊……」

往人煙稀少的方向跑了好幾分鐘後，我們終於停下了腳步。

冰川老師看著逃過來的方向低喃道：

「……你覺得我們剛才有被發現嗎？」

「……我不知道。現在天色昏暗，他們應該沒看見吧。」

「說得、也是。」

冰川老師惴惴不安地抓緊衣襬。

喂、喂，我怎麼能讓女朋友擔心受怕呢！現在就是男朋友出場的時候了！

下定決心後，我努力用輕鬆的語氣說：

「可、可是，冰川老師，妳不用擔心！就算看到我們在一起的樣子，他們也不會覺得我們是慶花高中的冰川真白和霧島拓也！」

「嗯？什麼意思……？」

「呃，因為我們是慶花高中讓人聞風喪膽的二人組啊。就算我們在一起，也不會有人相信啦……冰川老師，妳怎麼突然這樣！看起來比剛才還要沮喪耶！」

「呵、呵呵……我果然很嚇人呢。所以才沒有學生找我問問題。說、說得也是。用那種態度示人，大家當然會怕我啊。」

「別、別擔心！既然這樣，下次我就去找妳問問題！」

「嗯、嗯。謝謝你。我真的很開心。」

冰川老師微微一笑。

但有點強顏歡笑的感覺……啊啊，我又多嘴了。這種時候真的會體現出我缺乏經驗的致命傷。

冰川老師
想交個宅宅男友

「……接下來要怎麼辦？」

「嗯……」

我看向手機。可能是因為離迷你夢太遠，戰鬥已經被中止了，回合數也不太夠。再這樣下去，今天來這裡就毫無意義可言了。

但現在也沒辦法回去那個地方。

冰川老師說：

「……今天就到此為止吧，霧島同學。就算我們真的不會被發現，但繼續待下去，可能還是有點危險。」

「說得……也是。」

「沒關係。既然是社群遊戲，活動就會再次展開。到時候再過來吧？」

冰川老師帶著微笑如此提議。

「──當然，下次還要到處約會喔。」

「好啊。」

我也笑容滿面地點頭。

但在冰川老師轉身背對我之前……

我清楚地看見了她的表情變得有些黯淡。

第九章

我們踏上歸途。

回家路上，我和冰川老師同時也留心著周遭。

在電車和前往自家的路上，始終保持距離——但是完全都個別行動也有點寂寞，所以我們隔得稍遠，但還是一起回家。

「？……？」

有種被人從某處盯著的感覺。

跟在櫻木町站感受到的視線幾乎相同。

我猛然回頭——就看見一個金髮少女拔腿狂奔，似乎想逃離我的視線範圍。

「冰川老師！妳先回去吧！」

「咦、咦？霧、霧島同學呢？」

「我有點事！老師，再見！」

我跟冰川老師簡單問候了一聲——就使盡全力衝了出去！

當然是為了追上那個金髮少女。

如果我沒看錯的話，那個女孩子應該就是之前在學校頂樓看著我們的金髮太妹。

她說不定知道我們之間的關係——得跟她確認才行！

「找到了！」

彎過轉角後，我看見那名金髮少女在狹長的道路上奔跑。

我和她大概相距一百公尺，於是我拚命衝刺。但金髮太妹好像也發現我在追她，只見她連忙加快了速度。

可惡，好快！再這樣下去會讓她逃跑的！

這樣的話——

「唔！」

我預測她的行進方向，先繞到前面去。

這裡是我走了好幾年的老地盤，這點小事根本輕而易舉。

最後——我的預測完全正確。

當我出現在金髮少女眼前時，她驚訝地睜大雙眼。

金髮少女想調轉方向，但我在那之前大吼道：

「等、等一下！妳——知道多少了？」

被我這麼一問，她頓時停下腳步，轉頭看向我。

乍看就像個國中女孩。

第九章

那一頭看似漂染過的金色長髮，帶了點微彎的弧度。身上穿的並非先前看到的制服，而是方便活動的便服。但她的眼神中，卻有種超越外表年齡的從容感。

「──你覺得我知道多少呢？真白老師的小男友？」

毛骨悚然。

一股非比尋常的寒氣竄過我的背脊。

我全都知道了──她的笑容中充滿了這個意涵。

就在此時。

「等一下，這是在做什麼？」

身後傳來一道冰冷徹骨的嗓音。

這股氣息讓我感受到更勝以往的冷冽。我轉動僵硬的脖子，發現冰川老師站在後頭，渾身上下都散發出讓人聯想到教師模式的氣勢。

冰、冰川老師怎麼會在這個時間點現身啊！

她沒回家嗎！而且這下子就不能裝傻帶過了啊！

為了否認我和冰川老師的關係，我急忙開口──

但在那之前，冰川老師卻對著金髮太妹說：

「……唉。妳到底在幹嘛啊，紗矢。我說過不要太接近霧島同學吧。」

冰川老師想交個宅宅男友

「有、有什麼辦法。是真白老師的小男友忽然追過來的耶。」

「再說，我也叫妳別再跟蹤我了吧。而且妳又喊我真白老師……我之前說過不要這樣調侃我吧？」

「好好，知道了啦。對不起，真白。」

「………………………………咦、咦？不、不好意思。現、現在是什麼情況？」

咦？什麼？她們認識喔？

我瞪大雙眼這麼問，冰川老師則有些害羞地說：

「啊，抱歉。霧島同學，我跟你介紹一下。」

「——她叫神坂紗矢，是我的朋友。」

「請多指教，真白的小男友。」

金髮太妹——神坂紗矢小姐勾起燦爛的笑容，對我揮了揮手。

第十章

「現在開始進行慶花櫻花祭的對策會議。」

冰川老師戴上眼鏡，用教師模式斬釘截鐵地說。

地點當然……不是慶花高中。

居然是在冰川老師的房間裡。

雖然房內依然保有讓人聯想到教師模式的「成熟」俐落感，但還是完全透露出宅宅的氣息。

牆上貼了動畫海報，書櫃塞滿輕小說，還擺放了模型。

在這樣的房間裡，我和神坂小姐——紗矢小姐拍拍手後，冰川老師用手扶了一下眼鏡。

「好，有任何意見儘管開口。」

說完，冰川老師在牆上掛的白板上依次寫下各種方案……她的幹勁簡直非比尋常。

不過，這也無可厚非。

畢竟這場會議，是為了討論下一次的約會事宜。

我甚至在冰川老師身上感受到「絕不容許失敗」的執念。

冰川老師想交個宅宅男友

事情怎麼會演變至此呢？

一切的開端，要追溯到我們遇見紗矢小姐那一天——

（冷靜、我要冷靜……我知道這一天遲早會來。）

我焦躁不安地站在公寓的某個房間前面。

原因很簡單——這裡是冰川老師的家門前。

造訪女孩子，而且是女朋友的家，當然是史上頭一遭。所以我肯定會緊張得不得了。

總之，為了消除緊張感，我開始回想剛才發生的事情。

（……呃，見到冰川老師的朋友——神坂紗矢小姐後，我們三個決定要聊一聊。地點就選在最方便前往的冰川老師家。）

冰川老師的房間似乎「有點」凌亂，所以在冰川老師和神坂小姐進房打掃的期間，我便在外面無所事事地等待。

雖說是打掃，但應該不是什麼大工程。

之前冰川老師自己也說過房間很整潔，大概再過一會兒就能整理完吧。

第十章

……話說回來，房間從剛才就一直傳出類似緊急趕工的聲響，到底是怎麼回事？而且我已經等了將近三十分鐘。

她們在找東西嗎？

「抱、抱歉，霧島同學，讓你久等了！」

我在外面來回踱步三十分鐘後。

冰川老師終於推開玄關門現身了。

不知為何，她的額頭居然大汗淋漓，簡直就像急忙進行了一場大掃除似的。應該是我多心了吧。

「來、來吧、請進。」

在冰川老師的帶領下，我走進她的房間。

隨後——

「哦哦～」

冰川老師的房間跟我想像中一模一樣，讓我不禁發出讚嘆聲。

房裡充滿了「成熟」的簡約感，讓人聯想到教師模式時的她。窗簾、壁紙和擺設的搭配非常協調。另一方面，擺放各處的可愛裝飾品彷彿讓我看到了平常私底下的冰川老師。

想當然耳，宅宅元素也隨處可見。

冰川老師想交個宅宅男友

牆邊的書櫃塞滿輕小說，牆上還貼了動畫海報。看似書桌的桌面上擺放了兩台螢幕，一旁就放著桌上型電腦。房間正中央放了一張圓桌和幾個坐墊……

「那個，神坂小姐？妳怎麼累成這樣啊？」

我往下一看，發現神坂小姐整個人癱在地板上。

簡直就像剛才為止都在進行重度勞動似的。但神坂小姐只是和冰川老師一起打掃而已吧……？這麼整潔的房間怎麼會讓她累成這樣呢？若是超乎想像的髒亂房間，那就另當別論。

「呃，小男友，你聽我說。別看真白這樣，其實她——」

「霧、霧島同學，別管紗矢了，當她不存在就行。總之你先在那邊隨便坐坐，我去泡茶。聽見了嗎？」

「啊，那我也去幫忙吧？」

「沒、沒關係！沒事，你坐著就好！畢竟霧島同學是客人嘛！你真的什麼都不用做！」

「是、是嗎……？」

「你真的不能離開坐墊一步喔！」

「這麼誇張嗎！」

「可以的話，請你舉起雙手抱著後腦杓，待在原地別動。」

「我是什麼危險人物嗎！等一下該不會被拷問吧！我只是來女朋友家玩而已耶！」

第十章

「真是的，霧島同學，你真會開玩笑。我怎麼可能拷問你呢？」

「說、說得也是。對不起，我第一次來女生的房間，實在太驚慌了。」

「拷問啊……………只要霧島同學別輕舉妄動就沒事。」

「難道會視情況開啟拷問路線嗎！」

「那我先去準備一下。待著別動喔，我說真的。」

「有夠恐怖！從剛剛開始就恐怖到極點！」

這、這是怎樣！

造訪女孩子或女友的家居然這麼緊張刺激嗎！

我乖乖留在原地不動。隨後，冰川老師為我們準備了各式各樣的零食和飲料過來。

「重新自我介紹吧。我叫神坂紗矢。請多指教，小男友。」

我們圍著圓桌而坐，面對面向對方介紹自己。

話雖如此，神坂小姐好像已經透過冰川老師對我有大略的認知了……唔，冰川老師是怎麼介紹我的呢？真令人好奇。

自我介紹結束後。

我對金髮不良大姊姊——神坂紗矢小姐，問了始終耿耿於懷的一件事。

「那個，我一直覺得很奇怪。神坂小姐——」

冰川老師想交個宅宅男友

「叫我紗矢就好。」

「……呃，紗矢小姐。大約一週前，妳怎麼會在學校裡呢？」

紗矢小姐是冰川老師的朋友。

所以她知道我和冰川老師的關係。這倒無所謂，可是……說到底，我在學校裡看到紗矢小姐，正是我跟冰川老師開始交往的時候，而且她還穿著制服。所以我才擔心祕密是不是曝光了。

聽到我的疑問，紗矢小姐神色自若地回答：

「一週前？啊～那個時候啊。沒有啦，當時是我拜託真白讓我進學校參觀。因為我想在校內取材。」

「取材嗎？」

「補充一下，紗矢是同人作家，在畫漫畫喔。」

「咦～～是喔～～！」

冰川老師的補充說明讓我發出了驚嘆。

因為我絕對辦不到，所以對這種會畫漫畫的人，我會無條件尊敬他們。

這一點其實不限於同人作家，但他們比職業棒球選手更貼近我的生活，因此對他們的敬意也會倍增。

第十章

漫畫家和同人作家真的很厲害耶。

有時候我也會看一些繪畫影片，但看起來真的只有「魔術」兩字可以形容。

「可是跟看照片臨摹相比，直接到校內取材的感覺果然不同。」

「是這樣嗎？」

「畢竟小男友是現任高中生嘛，應該不太了解這份珍貴吧。但高中畢業，往大人的世界邁出一小步後，你就會明白，高中生活是多麼彌足珍貴。」

「……原來如此。」

雖然現在的心境改變了，但不久前還過著灰暗高中生活的我實在難以想像。

去年甚至還心想：高中生活能不能早點結束啊？

「你想想看嘛——只有現在才能膜拜穿制服的女高中生的裸足耶？」

「怎麼覺得跟我認知的『彌足珍貴』不太一樣！」

「啊～高中生真的太棒了。如果我是高中生，即使光明正大地欣賞女高中生的裸足，也不算犯罪呢！」

「這就是犯罪啦！」

「『喂喂，只要讓我拍一下就好。別擔心，我只是想將同學在運動會這些活動上拚命努力的英姿留作紀念』——只要這樣說，就不會被發現了。」

冰川老師想交個宅宅男友

「這句話未免太低級了吧！」

「說這種話拍照的人大概都是這種感覺啦。再說，這些檔案私下都會傳來傳去。大家都會做這種事，所以無所謂。」

「不、不可能！大家都是真心在捕捉紀念的瞬間！」

「順便補充一點……紗矢畫的漫畫都是……色色的那種。」

「從剛才的對話我就隱約猜到了！」

紗矢小姐造訪學校的理由已經明擺在眼前了。

不過，還有個讓我難以釋懷的疑惑。

「那個，總之我明白妳來學校是為了取材……但為什麼要穿制服呢？既然是單純取材，應該沒這個必要吧？」

「噢，那只是我的興趣。」

「興趣！」

「該說是興趣還是實驗呢？我想試試看自己還能不能假扮高中生。而且穿著制服就能在校內自由走動。這個理由占兩成。」

「剩下的八成呢？」

「穿制服的話，就算死盯著女高中看，也不會遭到懷疑啊。」

「根本就是在濫用制服嘛！」

「果然還是制服最棒了～可以盡情欣賞女高中生……嗯，真白？怎、怎麼了？為什麼一臉懼怕的樣子？」

「紗矢～～？我提醒過妳絕對不能做奇怪的事吧？絕對不能給我添麻煩喔。」

「豪痛豪痛豪痛！開、開玩笑，剛剛說的都是在開玩笑啦。我真的不會做這種事，拜託妳住手吧。」

紗矢小姐被冰川老師揪著臉頰，張著嘴不停嚷嚷。

看到這一幕，就覺得她們真的很要好……雖然談話內容很可疑就是了。

「……對了，我也有問題想問問紗矢。」

「嗯？什麼事？」

紗矢小姐摸著臉頰，抬眼往上看。

只見冰川老師面有慍色，態度不滿地問道：

「為什麼要跟蹤我們？我說過別做這種事吧？」

「哎喲～我一開始真沒打算這麼做。畢竟妳說不想讓我跟霧島同學見面嘛。可是在櫻木町看到你們之後，我就有點好奇。只是沒想到會被小男友發現。」

「為什麼不能和我見面？」

冰川老師想交個宅宅男友

雖然不知道現階段能不能插嘴，但因為有點在意，總之我還是先問再說。

接著，紗矢小姐一派輕鬆地說：

「啊～那是因為～」

「紗、紗矢！」

結果冰川老師拚命阻止她。

她瘋狂搖頭，感覺好像要發出聲音了。

但紗矢小姐卻勾起一抹惡作劇孩童的笑容。

「這又沒什麼。小男友不是那種人啦。」

「什麼意思？」

「真白擔心小男友跟我見面後，會不會喜歡上我啦。」

「……因、因為紗矢很可愛嘛。」

冰川老師用輕聲囁嚅的音量這麼說。

她的反應讓我忍不住竊笑。她這麼在乎我這件事，讓我的心中充滿了喜悅。

紗矢小姐用眼神不停向我示意，彷彿在催促「快說快說」似的。於是我開口說道：

「……呃，紗矢小姐的確也很可愛啦……但我覺得冰川老師比較可愛，也很喜歡。」

「～～～～唔！真、真的嗎……是、是哦～～原、原來如此。嘿嘿嘿。」

冰川老師雖然一副興趣缺缺的樣子，卻完全藏不住雀躍的心情。

看見沒有？這就是我的女朋友喔？是不是超級可愛？

這時，紗矢小姐拉了拉我的衣袖。

「吶吶～～小男友，還是把真白還給我吧？她超可愛耶。」

「不行，冰川老師已經是我的了。就算紗矢小姐是她的朋友，我也不會讓給妳。」

「我的所有權難道不屬於我嗎！」

冰川老師發出驚呼。

接著，老師為了轉換話題咳了幾聲。

「……我還有一個問題想問。紗矢，妳怎麼會來慶花町？不可能只為了跟蹤我們吧？」

「咦～沒理由就不能來嗎～」

「不、不是啦……但紗矢應該是基於某種原因才會過來吧？」

上次來高中也是為了取材。

冰川老師又補了這麼一句後，紗矢小姐回答道：

「是沒錯啦。這次我想來取材慶花櫻花祭。」

「慶花櫻花祭？」

我知道慶花櫻花祭。

那是我們學校，也就是慶花高中和地方社區聯合舉辦的賞花活動。對慶花高中的學生來說，在那個祭典變成情侶或約會似乎是必備的元素。至少去年就有營造出這種氛圍。

最近冰川老師會這麼忙，應該就是為了這場慶花櫻花祭，必須將其他工作往前推移。

但就像我方才所說，慶花櫻花祭是在地人的活動。

感覺不值得特地前來取材。

冰川老師似乎也有相同的疑惑。

我和冰川老師同時歪頭感到不解，於是紗矢小姐一臉驚訝地說：

「咦？你們不知道嗎？上一季播出的某部動畫，似乎就是以那個慶花櫻花祭當成作畫的參考耶。因為導演將這個消息放上ＳＮＳ，現在網路上都在討論這件事喔？像是跟動畫一樣——『在櫻花樹下告白，就能永結連理』之類的。」

◇　◇　◇

因為這件事，情況才會演變至此。

……不過，冰川老師居然對這種事這麼起勁啊。

呃，我當然無所謂，反而還覺得她這樣很可愛——但她的幹勁實在非比尋常，我覺得有

點不可思議。

再說，我也不可能拒絕這場約會。

但有件事讓我耿耿於懷——

「也就是說，我們要怎麼在約會時避開別人的視線吧？」

沒錯，重點僅只於此。

慶花櫻花祭，是慶花高中和當地的慶花町共同舉辦的賞花活動。

我們學校當然會有很多學生參加。

不僅如此，據冰川老師透露，慶花高中的教職員似乎每年都會到處巡邏。如果我們想在這種狀況下約會……就必須擬定對策才行。

我們的關係一旦曝光就會馬上宣告結束。

所以才要召開這場對策會議。

地點跟上次一樣，選在冰川老師的房間。

與會者是我、冰川老師和紗矢小姐三個人。

主持會議的冰川老師穿著便服，卻表現出戴上眼鏡的教師模式，整體造型相當罕見。

「對，霧島同學說得沒錯。我們當然不希望約會時被其他人發現。所以我想問問，有沒有什麼好方法可以避開其他學生和老師的目光……兩位有什麼想法嗎？」

冰川老師想交個宅宅男友

「我有話要說！真白老師！」
「否決。」
「為什麼！」
「因為紗矢的眼神感、感覺就像在想色色的事情嘛。所以我才否決。」
「妳聽都沒聽耶！別擔心啦，我這次不會說出那種色色的答案，會確實提出全年齡版的意見。」
「是、是嗎……？那就好……紗矢，妳有什麼提議？」
「我覺得真白可以穿上女高中生制服。」
「我要跟妳絕交喔，紗矢。」
「這個提議哪裡色了！」
「很、很色吧！要我這種二十五歲的女人穿上女高中生的制服，怎麼想都很奇怪啊！」
冰川老師面紅耳赤地大發雷霆，似乎是想像自己穿女高中生制服的模樣了。
聞言，紗矢小姐卻一臉認真地說：
「不，試著拋開偏見思考一下。妳想想，人類不是會用服裝的屬性來判斷他人嗎？比方說，如果穿著警察制服，就會覺得那個人是警察。」
「啊～好像有聽過這種詐騙手法。」

的確如此。

但如果只論這次的話，那個方法應該沒什麼意義。

基本上要在雙方不認識的狀況下才能成立吧。

不認識的人穿著警察裝，或許還有意義可言。但認識的人這麼穿，只是單純的COSPLAY而已。

這次防範的對象，是對冰川老師相當熟悉的學生和教師。

老實說，我覺得沒什麼效果。

我才這麼心想，冰川老師也說出同樣的話：

「可、可是，這只適用於完全不認識對方的狀況吧？吶，霧島同學是不是也這麼想？」

你會站在我這邊吧——冰川老師用眼神向我如此傾訴。

看到老師這個眼神，我反射性想點頭稱是。

但在那之前，紗矢小姐將手放上我的肩膀。

「吶，小男友。你不想看真白穿制服的樣子嗎？」

「……………………紗矢小姐說得很有道理。」

「霧島同學！」

冰川老師大受打擊地瞪大雙眼。

冰川老師想交個宅宅男友

真的很抱歉，冰川老師。

可是，就算會背叛冰川老師，我還是想看她穿制服的樣子……！

冰川老師用力搖搖頭。

「才、才不要。我絕對不穿女高中生制服。」

「好吧，那就沒轍了。畢竟我沒這麼壞，也會尊重真白的意見。就用多數決決定吧。」

「這種時候採多數決有什麼意義啊！根本只是仗勢欺人吧！」

但最後還是採用了多數決。

結果可想而知，二比一通過了冰川老師穿制服一案。

但她當然不能接受。

只見冰川老師態度冷漠，完全不肯和我眼神交會。

……糟糕，果然不太妙。

如果站在冰川老師的立場思考，穿上女高中生制服或許真的是類似拷問的懲罰。雖然我覺得冰川老師穿制服也很可愛就是了。

當我在腦海中自我反省時，紗矢小姐忽然戳了戳我的肩膀。

接著，她在我耳邊喃喃低語。

雖然對那句話的真實性存疑，但我還是走近冰川老師對她說：

「……對不起，冰川老師。這個玩笑確實開過火了。」

「也、也不是特別需要道歉的事情啦……可、可是，穿上高中制服真的有點丟臉耶。」

「但我就是這麼想看冰川老師換上制服。我覺得一定很可愛。」

紗矢小姐對我說：小男友，你誇她幾句可能就沒問題了。

我是真的覺得會很可愛，不是在說謊，所以是沒差啦……但再怎麼說都行不通吧？冰川老師應該沒這麼好騙吧。

我半信半疑地說完後，冰川老師還是將臉轉向一旁，耳朵卻輕輕動了幾下。

「……可、可愛？是、是喔～霧島同學覺得我穿制服很可愛啊？」

「對啊。冰川老師年輕又漂亮，現在穿上制服也很適合吧。說妳是女高中生一定會有人相信。」

「是、是喔～你覺得我年輕又漂亮啊？」

「但是太遺憾了。既然冰川老師不想穿，我只好乖乖放棄——」

「等、等一下。」

說完，冰川老師稍微往我這裡看了一下，並喃喃低語道：

「……那個……既然霧島同學都說到這個份上了，如果一下下，只有一下下的話……

我、我也可以穿給你看啦。」

還真好騙。

於是，冰川老師的學校制服展示會正式開幕。

學校制服是用冰川老師高中時穿的那一套。她好像很珍視地將制服收在衣櫃深處。

當冰川老師在更衣間換完衣服現身之後。

「…………唔！」

我和紗矢小姐都因為太過衝擊而無法言語。

一言以蔽之，就是「性感」。明明只是穿著學校制服，居然有如此衝擊人心的魅力。

豐滿的胸部將襯衫撐起，渾圓臀部描繪出魅惑的曲線，健美的雙腿從裙子底下裸露而出。男高中生看這種場面實在有損心靈。

乍看之下，明明跟同學穿的學校制服沒兩樣。

只是穿的人不同，就會有如此巨大的差異……

不過，這可是難得的紀念，真想拍張照片。

但她肯定不會答應吧。

不過紗矢小姐似乎也在想一樣的事情，她直接開口拜託冰川老師。

「吶吶～～真白，妳超可愛耶，我可以拍照嗎？」

「當、當然不行啊！已、已經這麼丟臉了，我才不要留下紀錄——」

「可是，妳的小男友好像也想拍耶。」

「咦？」

冰川老師向我投來驚訝的目光。

我戒慎恐懼地點點頭。

隨後，冰川老師將臉轉向一旁，怯生生地豎起一根手指。

「…………………只、只拍一張的話，還能接受。」

呃，雖然是我們開口要求的——但冰川老師真的不要緊嗎？

這一刻，我真心為冰川老師的未來感到擔憂。

就算我叫她去買可疑的壺，感覺她真的會買給我。呃，我不會做這種事就是了。

得到冰川老師的允許後，紗矢小姐就突然從某處拿出了相機。

我手邊沒有專業的設備，就用手機搭載的相機拍攝。

當我們擺好相機時，冰川老師驚慌地揮動雙手。

「我、我先警告你們，不能拍到臉喔。」

「說得也是。畢竟不知道這陣子會發生什麼事。那就麻煩真白擋住自己的臉好嗎？」

「這、這樣可以嗎？」

聽紗矢小姐這麼說，冰川老師就一手張開手掌，擋在眼前。

但這種姿勢看起來有點淫亂耶。

「…………………………還、還是算了，冰川老師。」

「霧、霧島同學為什麼把臉轉過去了？難、難道你還是無法接受制服嗎！」

呃，並不是……感覺好像偶爾會在ＳＮＳ上看到的那種猥瑣照片。

就是援〇、〇養那種感覺。

見我沉默不語，冰川老師頓時臉色蒼白。

「果、果然還是不堪入目吧。那、那我馬上脫下來——」

「啊。沒有，我不是那個意思！就是，冰川老師把充滿魅力的部分展示得太過火了。該怎麼說呢——」

「該怎麼說呢？看起來很像同人誌裡經常出現的那種『感覺會沉溺援交無法自拔的女高中生』。」

「這話也太過分了吧！」

妳怎麼會覺得這種話能拿來安慰人啊！

紗矢小姐，妳好歹是冰川老師的朋友吧？我好不容易把話題蒙混過去了，求妳別多嘴！

冰川老師想交個宅宅男友

這時……

我忽然想起一件事。

「啊！」

「嗯？小男友，你怎麼啦？」

「啊，沒有。該說是忽然有靈感，還是該說我回想起來了呢……」

「那就說啊。真白應該也很期待你的提議吧？」

聞言，冰川老師也點頭如搗蒜。

看樣子她希望我馬上說出這個女高中生制服以外的方案。

於是我開口說：

「呃，那個，我覺得冰川老師應該穿便服就行了。一開始我也沒什麼把握，但可以改變形象啊。稍微換個髮型，大多數人應該就不會察覺到了。」

「「…………」」

問題解決了。

後來我們又談了一會兒——結論是除了冰川老師以外，我也要改變造型。話雖如此，我也只能穿上稍微成熟點的衣服而已。

不過，雖然我在學生之間也很出名，但其實並不代表長相本身很出名。畢竟大家都對我敬畏三分，不敢正眼看我。所以只要我稍微改變風格，應該就不會被發現了。

時間來到現在。紗矢小姐從冰川老師家離開返家後，就只剩下我了。

「霧島同學，你也該回去了吧？」

「是啊。不要待太晚比較好。」

其實現在太陽才剛下山而已，以時間點來說不算太晚。不過——怎麼說呢，紗矢小姐一走，我就莫名緊張起來。畢竟這裡是女朋友的家，我們姑且算是正值青春的男女。

我才這麼心想——

「「啊……」」

就和冰川老師眼神交會。但她馬上將視線別開了。

咦？為、為什麼？而且感覺她的臉頰紅通通的。

一思及此，冰川老師就輕啟帶著櫻花色澤的唇瓣。

「對、對了。霧島同學，你待會兒有空嗎？」

「有、有啊。那個……我今天一整天應該都沒事。」

冰川老師想交個宅宅男友

「那……」

冰川老師勾起一抹姊姊特有的從容微笑，這麼對我說：

「難得有兩人獨處的機會……那個，老師就來幫你上點課吧？」

第十一章

和年紀稍長的大姊姊進行單獨授課。

聽到這句話，大家會聯想到什麼呢？

咦？我嗎？這不好說啦。不用刻意說出口，大家也能理解吧。

——當然是色色的事情啦。

呃，這不是廢話嗎？這方面算是常識吧。該怎麼說呢，既然這是描寫大姊姊的作品，當然會期待這種情節吧。

雖然這種題材有很多種形式，但我個人覺得「大姊姊羞答答地向我索求」這種感覺超讚的。明明年紀比我大，卻還是表現出害羞的一面，實在太讓人興奮了。其他形式我當然也完全ＯＫ。

不過……

實際被索求過後，我才知道這樣挺難受的。

這是我實際體驗過後的感想啦，但真的很傷腦筋耶。我都已經被狠狠榨乾，變得委靡不振了，老師卻還是不讓我停下來。真的很累耶。

所以，雖然有點不好意思，但說實話，我已經想中止這場授課溜之大吉了。

差不多該停止這種逃避現實的想法——

「霧島同學！你要在廁所窩到什麼時候？課還沒上完喔！」

——好想逃離進入教師模式的冰川老師啊。

◇　◇　◇

「好了，霧島同學，寫快一點。還剩下很多題目要做。」

「…………是，我知道了，老師。」

沙沙沙。

我在冰川老師的房間裡，看著筆記默默動手解題。

我的力氣已經被全數榨乾，變得委靡不振了，冰川老師還是不讓我停下來，一直要求我認真讀書……我真的好想逃啊。

「差不多該休息一會兒了。」

冰川老師宣布可以休息時，已經是三十分鐘後了。

我忍不住將自動鉛筆扔在一邊，癱倒在地板上。

最近我確實想認真讀書……但那只是剛開始而已。我根本沒想過會被逼到這種地步。

「來，霧島同學，辛苦你了。」

說完，冰川老師將冰涼的麥茶放在桌上。這種時候雖然能體現她的溫柔……但想到剛才那種K書地獄，就覺得這只是老師給我的甜頭，要我待會兒「繼續努力」。一想到這裡，我就開心不起來。

「……對了，冰川老師。妳怎麼會忽然督促我讀書呢？」

呃，雖然我一開始完全會錯意，以為要做色色的事情。

但我還是想不透。老師為什麼要督促我讀書呢？

聽到我的疑問，冰川老師帶著微笑回答：

「我知道你這陣子很用功，所以就想幫你一把。有這麼奇怪嗎？」

「呃，不會啦……只、只是，我的悟性很差。妳看，剛才冰川老師明明教了我好幾次，我還是完全聽不懂。老實說，我很怕給妳添麻煩。」

雖然我用打哈哈的語氣試圖敷衍過去，但還是忍不住說了這種話。

冰川老師想交個宅宅男友

曾幾何時，我開始對自己不得要領這件事感到厭煩了。
以前我始終認為自己辦得到。但這股信心卻不知不覺遭遇了挫折。
在那之後，我就很害怕接受別人的指導。
因為我不想讓他們失望，覺得我連這種小事都辦不到。
但明明每件事都做不好，我還是有自尊心。
正因如此，我才一直逃避讀書這件事——
「那個，霧島同學，你有時候會說這種奇怪的話呢。」
「咦？」
一抬頭，就看見冰川老師百思不解地歪著頭。
咦？我說了什麼奇怪的話嗎？
見我眉頭緊蹙，冰川老師輕輕笑了幾聲，並用溫柔的嗓音說道：
「本來就是啊。」
「——我是你的老師嘛。你都已經發憤圖強想認真讀書了，我怎麼會嫌麻煩呢？」
「——唔。」

這句話真的說進我的心坎裡了。

……嗯，所以我才會喜歡上這個人。

對這位老師了解越深，我好像就越喜歡她。

該怎麼說呢，真的太狡猾了，這樣是犯規吧。

這時……

「對了，我邀你留下來讀書的時候，總覺得霧島同學莫名幹勁十足耶……你當時到底在想什麼？」

冰川老師像是忽然想起這件事似的，歪頭向我問道。

她的表情好純真啊——呃，這種事哪能說出口啊！冰川老師這麼認真為我著想，我卻滿腦子色色的東西！

不過，在冰川老師疑惑的眼神注視下，我還是將臉轉向一旁，老實承認了。

「那是……因為老師家裡只剩我們兩個人，我、我不小心就想到那方面了。」

「那方面？…………啊！」

只見冰川老師的臉變得熱呼呼的，可能聽懂我的言下之意了。

「原、原來如此，這樣啊……是、是喔～你在想那種事啊？」

「……那、那個……」

「也、也罷。只是想想而已，這也沒什麼。」

「咦？」

我直盯著冰川老師看，發現她雙頰泛紅，將嘴唇抿了又抿。

「我、我啊……能理解年輕氣盛的男孩子在想什麼。所、所以，該怎麼說呢？如果只是心裡想想而已，真的無所謂。」

「唔。」

「可、可是，我們絕對不能做那種事喔。我跟你是師生關係，後果會不堪設想。所、所以……」

冰川老師這麼說。

隨後，她頂著依舊通紅的臉蛋，在我耳邊輕聲低語：

「——所以那種事就……等你畢業後再說。」

這句話的破壞力，比至今聽過的任何一句話都還要猛烈。

我發現自己連耳朵都熱得不像話。大事不妙。順帶一提，說出這句話的當事人也發出「啊嗚……」一聲低下頭去。

第十一章

一股難以言喻的氣氛瀰漫在我倆之間。

「好、那、差不多該繼續K書了。」

「說、說得也是。」

冰川老師的這句話終於打破了僵局，唯獨這一次，我也幹勁十足地贊同繼續K書。

因為……不這麼做的話，可能會一發不可收拾。

之後不知道又過了幾十分鐘。

即使重新和冰川老師一起K書，到頭來我的集中力還是一樣瀕臨極限。

於是我們決定去外面散散步，順便轉換心情。

話雖如此，我們當然不能一起走出冰川老師家。

萬一被認識的人看到兩人同時走出家門的畫面，可就萬事休矣。

所以我們決定錯開時間出門，在遠一點的地方集合。

接著——時間來到現在。

我站在慶花町鬧區外的一間動漫店前面。

為了隱瞞身分，我姑且戴了口罩。這樣可能沒什麼意義，但有總比沒有好。

動漫店依舊亮晃晃的，完全不輸給夜晚的黑。

冰川老師想交個宅宅男友

店面的窗玻璃上貼著某個網路遊戲的海報。

我也在玩這款遊戲。雖然有一陣子沒碰了……但從上週開始，遊戲裡好像也舉辦了賞花活動。

最近的遊戲很重視季節感呢。

但可能也僅限於社群遊戲這種經常更新的遊戲就是了。

比如接近聖誕節的時候，就會舉辦跟聖誕節有關的活動。一到情人節，就會收到女性角色送的巧克力。拜此所賜，我們這些消費者總會不由自主地因為接二連三的新活動，意識到時間的流逝。

「霧島同學，你也在玩這款遊戲嗎？」

忽然感覺到有人站在我身後。

不用回頭看，我就知道是誰了。

「……『也』在玩？所以老師也有玩嗎？」

「嗯。下次一起玩吧。」

「好。」

我點點頭並轉身望去，果然是冰川老師站在後面。

但冰川老師臉上也戴著口罩。

「「噗。」」

我們同時噴出笑聲。

沒想到我們會默契到這種程度。

我們因為這點無聊瑣事，戴著口罩笑了一陣子後，冰川老師開口說：

「霧島同學，我們走吧。」

「……呃，老師，妳有想去的地方嗎？」

「嗯，沒錯。不過，你就滿懷期待地跟著我吧。」

在冰川老師的引領下，我跟在她後頭。

老師選的這條夜路不只人煙稀少，連路燈都隔著好一段距離。要是獨自走在這條路上，一定會覺得忐忑不安。她應該是故意選這條路走，以免萬一被其他學生看見吧。

但如果是和冰川老師一起走，就覺得這也是一種樂趣。

……不過，她到底想去哪裡啊？

往這個方向走，應該只是一般的公園而已——啊。

「到了。」

冰川老師忽然停下腳步，轉頭看向我。

我們抵達的目的地果然是公園。

但這不是普通的公園。因為這裡是——

「……是舉辦慶花櫻花季的公園吧？」

「嗯。雖然現在那些機材都還沒裝好，還都看不見就是了。」

公園裡本來應該被櫻花妝點得繽紛亮麗。

可能是路燈的光源不夠強，沒辦法欣賞到夜櫻的風采。

不過，慶花櫻花季展開後就不一樣了。到處都會點上燈光，應該就能好好觀賞夜櫻了。

……但我完全沒來過，所以也不清楚啦。

慶花櫻花祭，是屬於慶花高中和周邊高中大學那些現充大大的活動。像我這種陰沉的人去慶花櫻花祭，就像萬聖節還跑去澀谷湊熱鬧一樣。換句話說，只要不是千金難買的體驗，我就不會想去那種地方。

但這樣的我，這次卻計劃來這裡約會。

幾個月前我根本不會有這種想法，所以現在有種不可思議的感覺。

看到冰川老師默默地走進公園，我也跟在她身後。

公園裡當然沒有任何人。只有我們這種超級怪咖，才會選在晚上來這種幾乎沒有路燈照映的公園。

「我跟你說喔，霧島同學。其實之後這場慶花櫻花祭會舉辦聲優活動。」

冰川老師忽然轉頭對我這麼說。

「咦、咦？真、真的嗎……？」

「嗯。感覺像是以嘉賓立場參與啦……而且這件事已經在職員會議上宣布了，所以百分百正確。啊，當然要保密喔。」

「這種事可以告訴我嗎？」

「當然不行呀。但霧島同學也不會到處宣揚吧？」

「畢竟也沒人可說啊。」

我露出有些自虐的笑容說道。

不過……聲優居然會到場，真的很酷耶。以慶花櫻花祭為作畫參考的那部動畫，的確請到了超人氣的聲優——難道有機會見到那個人或那個人嗎！

就在此時。

「…………」

冰川老師忽然停下腳步。

冰川老師想交個宅宅男友

老師伸手輕撫被黑暗籠罩的櫻花樹，悄悄地將視線移到我身上。

我承接了她的目光，並問出這一路上始終擱在心上的問題。

「……冰川老師，妳為什麼帶我來這裡？」

提議去外面散步的人就是冰川老師。

可是，冰川老師應該也知道自己不該提出這種建議。畢竟這裡雖然和學校有段距離，但就距離上來說其實不算太遠。雖然已經很晚了，但就算有學生經過也不足為奇。

儘管如此，冰川老師還是提議要出來散步。

關於這一點，我一直想不透。

冰川老師的嘴角微微勾起一抹笑，並回答：

「其實沒什麼特別深的含意……但硬要說的話，我是想再次確認自己的決心。」

「決心？」

「嗯。」

冰川老師點了點頭。

過了一會兒，冰川老師才用溫柔的嗓音繼續說：

「……霧島同學，你在告白時跟我說『我準備好要負起責任了』，對吧？」

「是啊。」

「戀愛的形式有很多種，但像我們這種關係，必須做出某種覺悟才行。一定要立下堅定的決心，思考能為對方做些什麼。既然如此，你覺得我必須做好什麼心理準備？」

雖然她拋出了問題，但真要說的話，感覺她像是在詢問自己。

「……我要極力避免這段關係曝光，不讓霧島同學的人生化為烏有。雖然這也是很重要的事……但同等重要的是，我想讓霧島同學像普通高中生那樣，談一場平凡的戀愛。」

「像普通高中生那樣……？」

「……嗯。不管再怎麼粉飾，我們的關係還是稱不上『普通』。所以，我想讓這段關係至少『平凡』一點。因為和我……和老師交往的緣故，你時時刻刻都得小心翼翼的。因此無論萬聖節或聖誕節，都不能『平凡』地享受……我真的不喜歡這種感覺。」

過去我一直不明白，冰川老師為什麼對慶花櫻花祭如此執著。

老實說，以前我甚至覺得，根本沒必要特地選在慶花櫻花祭約會。

冷靜想想，在充滿教職員和學生的活動中約會，完全是自曝關係的行為，反而是絕對要避免的選項。既然我會心懷這份擔憂，冰川老師不可能不明白。然而，冰川老師卻執意要在慶花櫻花祭約會，在我看來，甚至有點不自然。

不過，這些疑惑現在全都冰釋了。

因為，冰川老師想讓我談一場「平凡」的戀愛。

無論是萬聖節或聖誕節——還有，她也想參加慶花高中的情侶必去的這場活動，讓我開心一番。

而且恐怕還不只如此。

自從開始交往後，我們都沒有好好約會過一次，也沒辦法單獨見面。不管是在圖書館，還是在櫻木町玩社群遊戲的時候，最後都會被人打斷。不像這樣小心翼翼的話，我們甚至不能出門好好散心。

所以我才徹底明白，冰川老師為了下一次約會投注了多少心血。

可是……

「……我其實不在乎這種事。」

「嗯，我能理解。所以，這是我自己要扛下的決心。我一定要努力守護這段關係。」

冰川老師微微一笑。

但她的笑容卻隱含了一絲憂鬱。

月亮被雲遮去了半分，四周的黑幕變得更加深沉。

或許是因為這樣——月光灑落之處，正逐漸離我們遠去。

越來越遠、越來越遠，直至伸手不能及的遠方。

冰川老師瞇起雙眼，凝望著這一幕。

第十一章

就像在看心神嚮往的景色一般。

「…………」

「…………」

月光微微地照亮了遠處的夜櫻。

此景美不勝收。可看起來卻像投影在布幕上的電影，彷彿是與自己無緣的幻想世界。

冰川老師在沒有月光照映的黑暗當中輕聲低語：

「——我一定要讓這次的約會成功。」

聽她這麼一說，我也點了點頭。

唯獨這份心情，我和冰川老師是相同的。

◆◆◆

在那之後過了將近一週，我和霧島同學為了慶花櫻花祭的事前準備都忙翻了天。

我和霧島同學經過挑選試裝後，都決定了當天要穿的衣服。確定和平常的風格截然不同，很難看出是「冰川真白」和「霧島拓也」這兩個人。我們還試著穿這套衣服出去了一次，但實在稱不上約會就是了。

另一方面，我還動用教師特權，調查了當天每位老師的巡邏路線。跟霧島同學討論之後，選定了一條不太會被發現的道路。

於是時間來到了慶花櫻花祭的前一夜。

我在家裡一邊哼歌，同時為明天的慶花櫻花祭做準備。

明天就是和霧島同學交往後，第一場像樣的約會了。我當然要卯足全力。

幸好我手邊沒有老師的工作要做。雖然我不在巡邏名單內，負責其他事務——但那些工作都可以在事前完成。所以我明天可以和霧島同學好好玩個夠。

去看看聲優的表演舞台、在夜櫻下賞花，連便當都準備好了。不僅如此，雖然知道是迷信，但「在櫻花樹下告白就能永結連理」這個傳說也不能忽視。

包含這些活動在內，我已經對明天充滿期待了。

這時——

我的手機忽然震動起來。

是學校打來的電話。

我帶著不祥的預感接起電話，另一頭就傳來學務主任的聲音。

『冰川老師，抱歉，這麼晚還打電話給妳。其實是關於明天慶花櫻花祭的巡邏問題……臨時需要加派人手。真的很不好意思，明天能不能麻煩妳加入巡邏的行列呢？』

以結果來說，我們沒辦法在慶花櫻花祭約會了。

慶花櫻花祭結束後，又過了好幾天。

在那之後，我和冰川老師就沒有單獨說過一句話了。

第十二章

教日本史的男老師正在講課，寫滿了整個黑板。

可能是因為外面的人都在放黃金週假期，班上同學的心情似乎都很浮躁。不過，看來只有我們學校沒有放假。雖然只要上半天課就是了。

但我特別躁動。雖然拚命做筆記，卻連自己都看不懂在寫什麼……完全無法集中精神。

上週的慶花櫻花祭，最後還是沒能如願約會。

因為冰川老師臨時被加派了工作。

但不光是這樣。這份工作本身似乎可以推辭。

理由是——因為巡邏人手增加，監視的目光變得更多了。

我從涼真那裡隱約聽說了這件事——這幾年在慶花櫻花祭中，發生過很多「成年男子搭訕女學生」的事件。所以才有職員提議應該加派人手巡邏以便監視。

雖然性質不太一樣，但我和冰川老師的關係和這起事件有些相似。

在加強監視的狀況下，實在沒辦法照常約會。

第十二章

所以我們只好取消約會行程……

但是自那天起，我和冰川老師就沒有單獨說過話了。

雖然會用ＬＩＮＥ聯絡幾次，但對話內容都非常簡短。

不對。可能只是像從前那樣，因為冰川老師很忙，行程對不上才無法見面……但不知為何，總覺得跟前陣子不太一樣。

好像有個小疙瘩一直留在心上的感覺。

我忽然想起冰川老師在公園說的那些話。

──我想讓霧島同學像普通高中生那樣，談一場平凡的戀愛。

──所以，這是我自己要扛下的決心。我一定要努力守護這段關係。

──我一定要讓這次的約會成功。

冰川老師在慶花櫻花祭投注了多少心血。

雖然是因為臨時接到工作，計畫才會泡湯，但現在卻有一股不祥的預感閃過我的腦海。

（……她應該不會提分手吧。）

就這一次而已。

就只是約會搞砸了一次而已。

所以我們不會因為這點小事就分手……應該不會。

可是，看到冰川老師那種反應，我也不由得這麼想。

另一個想法也同時浮現在我心中。

如果下次的約會、煙火大會、聖誕節、情人節、白色情人節和對方的生日——因為我們是師生關係，就不得不在意他人眼光。所以我們哪兒也不能去，更無法享受這種佳節氣氛。

在圖書館，以及玩社群遊戲時發生的那些事，往後也會不斷上演嗎？

我們這樣——還能稱得上在交往嗎？

這時。

校舍傳來了下課鈴聲，日本史課結束了。

憂鬱滯悶的情緒從心底滿溢而出。

這種時候只能去轉換心情了。

雖然沒什麼事要做，我還是站起身走出教室。

「霧島，現在有空嗎？」

不知為何，涼真站在教室外頭。

可能因為還有其他學生在，他喊我「霧島」……怎麼回事？這傢伙平常不太會來我們教室啊。

涼真對走廊上的女學生們和藹可親地揮揮手，並對我說：

「可以跟我來一下嗎？我有話要跟你說。」

涼真把我帶到學生輔導室。

「喂，這是什麼分數？成績又下滑了。」

前幾天的小考成績單攤在我面前。

嗯……連我自己也覺得考得很差。這種分數跟以前完全不用功的時期根本沒有差別。因為無法集中精神讀書，分數才會這麼低。

「前段時間你的成績忽然好轉，我還覺得欣慰……發生什麼事了？」

看樣子，他是為了問我這件事才會把我叫出來。

該怎麼說……這傢伙真的是個大好人耶。為了確認一個學生的小考成績，居然特地像這樣騰出時間。

現在我很感激他這份體貼的心意。

……但另一方面，我也不能跟涼真說冰川老師的事。

涼真雖然可以信任，但我不確定能不能隨便就把事實告訴他。畢竟我也跟木乃葉說了一些，雖然有一部分是出於無奈啦。

我正在猶豫時，涼真輕輕地嘆了口氣。

「……不想說也沒關係。」

「但無論發生任何事——唯獨不要讓自己後悔。」

「……咦？」

聽到這句話，我驚訝地抬起頭。

涼真直盯著我的雙眼說道：

「畢竟高中生活很短暫。不管你要做什麼，都必須仔細思考，唯獨不要讓自己後悔。雖然不代表有思考就不會後悔啦。」

這傢伙——涼真是不是知道些什麼？

但我沒辦法當場質問他。

不過……他說的沒錯。無論我要怎麼做，都一定不能留下遺憾。

因為我在過往的人生中經歷過太多次遺憾了。

正因如此，這一次我絕對不要再嘗到同樣的滋味。

「——是啊。」

我點了點頭。

雖然我還是不知道該怎麼做才好。

但涼真的這番話確實給了我滿滿的能量。

「真白這幾天的狀況嗎？」

於是放學後……

我聯絡上紗矢小姐，和她一起來到慶花町站前的某間家庭餐廳。

之前剛認識她的時候，她跟我說「如果想跟我商量真白的事情，儘管打給我」，並跟她交換了聯繫方式。

拜此所賜，我才能順利見到紗矢小姐。

紗矢小姐用湯匙舀了一口聖代放進嘴裡。她用舌頭舔掉沾在小巧唇邊的鮮奶油，接著看向我。

「前陣子見到她的時候，她的樣子跟平常沒什麼兩樣。因為真白沒有主動提起，所以我也沒問。」

說完，紗矢小姐將湯匙放在桌上。

冰川老師想交個宅宅男友

「如果我的直覺沒出錯，我猜上次那件事應該對她影響頗深。畢竟真白幹勁十足嘛。」

「說得……也是。」

「你呢，小男友？沒被影響嗎？」

光論紗矢小姐的外貌，感覺就像個國中生。

但唯獨這種時候，就會覺得她是跟冰川老師一樣成熟的大姊姊。

紗矢小姐只是靜靜地等我回答。於是我向她表明了真心話。

「……要說打擊，或許有一點吧。因為我也很期待。」

「這樣啊。」

「但我更不知道接下來該怎麼做才好了。我明白冰川老師想讓我談一場『平凡』的戀愛，情況允許的話，我也很想這麼做……但是只要在意他人的眼光，是不是連約會都不能順利進行了？」

和涼真談過之後，我暫且決定自己要付出行動，但到頭來根本沒有定案。

紗矢小姐正對著我，仔細將我說的每一句話都聽了進去。

接著……

經歷一陣沉默後，紗矢小姐用溫柔的嗓音說道：

「……我沒辦法回答你。戀人之間的問題，局外人意外地無法掌控。即使在我看來只是

個小問題，但對那對戀人來說並非如此。或者，反之亦然。」

「是嗎……確實如此。」

「不過，正因如此，我才覺得小男友你可以順著心意走。」

「……什麼？」

紗矢小姐露出一抹狂妄的笑容。

接著說道：

「戀人之間的問題，非當事人是不會懂的。所以比起局外人說的話，小男友你費盡心思想出來的方法，可能才是最完美的『答案』。這是大姊姊能給你的像樣的建議。」

她這麼說。

紗矢小姐帥氣地咧嘴一笑，最後又補上一句：

「她這個人可能很難搞——不過我就把好朋友交給你嘍，小男友。」

我一回到家，不知為何，就看見木乃葉窩在房裡玩手機。

……呃，說真的，這傢伙怎麼會在我家啊？我有確實鎖門喔。

算了，反正她一定是在辦公室偷鑰匙了吧。

冰川老師想交個宅宅男友

我狠狠踢了木乃葉一腳，語氣粗魯地說：

「喂。妳跑來我家幹嘛？快滾啦，我沒在跟妳開玩笑。」

「咦？我之前不是說會一直往你家跑嗎？」

「妳確實有說。但在那之後，我不是告訴妳來之前要通知我一聲嗎？」

「我回答『我會妥善處理』啊。所以不算同意。」

「煩死人了！」

或許是這樣沒錯啦！咦，什麼？現在是我的錯嗎？

「……但你今天好像真的很累耶。」

「是啊，一言難盡。」

「哦～」

木乃葉隨口敷衍我，繼續用手機看影片……啊，雖然知道我很累，卻沒打算回去啊。

我回房間將身上的制服換成家居服，走回客廳，發現木乃葉還在我家裡。

這傢伙該不會連晚餐都要跟我一起吃吧？

總之我在冰箱裡翻找一陣子，拿出事先冰鎮的麥茶。

結果桌上擺了一個之前沒看過的杯子。

「啊，拓也哥。也在那個杯子裡倒點麥茶吧。」

第十二章

木乃葉的眼神完全沒有離開手機，雙腳踢呀踢地對我這麼說。

……這一瞬間，我真的很想把麥茶往這傢伙頭頂上倒。

不行不行。

她小我一歲，我得稍微用寬容大度的心，包容她的一舉一動——

「啊，拓也哥。我把冰箱裡的布丁吃掉了，但你以後能不能買點更好吃的啊？我不太喜歡那個牌子。」

就算我現在用鈍器砸她的頭，感覺法官也會判我勝訴。

開什麼玩笑啊，混帳女高中生！居然擅自在冰箱裡找東西吃！那是我好不容易買到，想留著享用的布丁耶！

雖然想口出怨言，但我拚命忍耐。

就算我闖了禍，被春香阿姨漲房租，我也嚥不下這口氣。不對，如果是春香阿姨應該能體諒我吧。

「對了，木乃葉。」

「嗯？怎麼了，拓也哥？」

「說到偷偷藏匿女高中生屍體的方法——不對。說到一般情侶，妳心裡會浮現出什麼畫面？」

「你、你剛剛說什麼！未、未免也太恐怖了，害我完全沒把後半段的問題聽進去！拓也哥，你到底在想什麼啊！」

「只是帶點玩笑性質的失言而已。別這麼大驚小怪。」

「這算什麼失言啊！你的玩笑根本已經全面失控了吧！咦？你真的這麼生氣嗎？拓也哥，對不起啦！」

「嗯，知道要道歉就好。嘗到教訓的話，就別再做這種事——」

「我不知道拓也哥這麼喜歡藏在冰箱最裡面的大福！對不起，被我吃掉了！」

「地點就選在相模灣吧。」

「為什麼忽然談到地點！」

木乃葉開始瑟瑟發抖。

這當然是玩笑話啦。我的確很期待吃那個大福……但木乃葉小姐是認真在發抖耶，抖得太厲害了吧。我有這麼恐怖嗎？

「玩笑話先擱在一邊吧。說到一般情侶，妳心裡會浮現出什麼畫面？」

「一般情侶？你是指學生情侶檔嗎？」

「是啊。」

「嗯……我也不太懂一般的定義是什麼，但最近的情侶應該會一起去喝珍珠奶茶吧？」

第十二章

「妳的刻板印象還真重耶，不過我也是半斤八兩。」

真要說的話，妳也是會去喝珍珠奶茶的那種人吧。

啊，不對。就是因為她會去喝珍珠奶茶，才會常常看到那種場面吧？

「還有在煙火大會上逛路邊攤、聖誕節去看燈飾之類的？」

「這些感覺都很老哏耶。」

「因為大家都會這麼做，所以才會變成老哏啊。」

她說得也有道理。

因為大家都這麼做——才會體現出老哏的感覺。

「你問這個幹嘛？」

「不，沒什麼……嗯，但我想得果然沒錯。」

該說是覺得不太對勁嗎？

聽到冰川老師說出「普通情侶」時，我內心某處就有一種難以言喻的煩悶，但我總算搞清楚了。

與此同時，雖然有些模糊，但已經能看見輪廓了。

也知道往後我應該做些什麼。

「謝謝妳，木乃葉。雖然還沒有明確的答案，但我已經知道該怎麼做了。」

「啥？是嗎？那太好了。」

「那我出去一下——麻煩妳看家了。離開的時候記得確實鎖上門再回去。」

「咦、什麼？拓也哥，你要去哪裡？」

「這還用說嗎？」

說完，我瞥了木乃葉一眼。

老實說，現在的我也不想在「做不到」的事情上耗費時間。

這一次，我也不知道自己的想法能不能順利完成。

如果是以前的我，肯定會把這件事歸類在「做不到」的範疇內，然後放棄行動吧。

但如果是為了冰川老師，我就覺得自己「做得到」。

這種說法雖然很老套——但為了喜歡的人，我覺得自己無所不能。

我在玄關穿鞋。

並情緒亢奮地對木乃葉說：

「我要去一下女朋友那裡。」

◆　◆　◆

【霧島拓也】抱歉，冰川老師，待會兒可以去妳家嗎？我有重要的事情要跟妳說。

（……他到底要對我說什麼？）

我在家裡渾身僵直地呆站在原地。

這則訊息是十分鐘前傳來的。

我到現在都還沒回覆。

理由再清楚不過。不管同意也好，拒絕也罷，感覺我們的關係都會面臨變數。所以過了十分鐘，我依然無法給出回應。

（我不要……）

我可能沒辦法讓霧島同學談一場平凡的戀愛了。

無論是煙火大會、聖誕節，還是霧島同學的生日——或許都無法陪他出門好好享受。我可能只能給他這種綁手綁腳，永遠都要在意他人的目光的愛情。

因為和我交往，導致霧島同學的青春歲月只能受限於此，那怎麼行呢？

雖然紗矢舉的例子太特殊，但她說得沒錯。高中這段時期非常特別且彌足珍貴。因為我的高中生活就是在毫無作為的日子裡虛度流逝，所以感受更加深刻。

所以，考量到霧島同學的處境，我心裡確實也浮現出「不該跟他交往」的想法。

……但我真的不想這麼做。

雖然很矛盾，雖然已經說出自己的決心，自己也對這份軟弱厭煩至極——但說實話，我還是很想跟霧島同學交往。

因為我喜歡他，太喜歡他了。

但我也不能一直說這種任性的話。

霧島同學以前對我說「我不在乎這種事」，但不代表他現在也這麼想。若他發現之前那種狀況未來可能會不斷地發生，他的想法說不定會改變。

然而，無論他做出什麼決定，我都必須勇敢面對並接受。這是我的義務所在。

所以我只能如實傳達自己的心情。

這份被埋藏在內心深處，對他愛慕至極——不想和他分手的心情。

「好！」

為了讓自己打起精神，我用力拍拍臉頰。

接著我使出渾身解數，回了他一句「沒問題」。我知道晚上還讓學生進家門不太妥當，但既然他有重要的事情要跟我說，我也難以拒絕。

結果——玄關的電鈴傳來了輕快的聲響。

「咦！」

什、什麼！等一下！太、太快了吧！難道霧島同學已經在外面等了嗎！我、我還沒做好心理準備。應該說，我的房間也還沒整理好啊！

我慌張地在走廊上狂奔，準備去玄關開門。

但這個時候……

「——、——啊！」

我卻被亂扔在地板上的衣服絆倒，腳底一滑。

我接下來的動作，可說是充滿了藝術風采。

為了避免摔倒在地，我想抓住鞋櫃的門，但之前霧島同學來家裡的時候，我硬是把整理出來的大量雜物塞在裡面。不僅如此，鞋櫃上還放滿了這陣子無處安放的一堆物品。

換句話說，到底發生了什麼事呢？

咚鏗啪沙～～～！發出這陣門外也能確實聽見的巨大聲響後，我狠狠地摔了一跤，整個人栽進堆積成山的雜物堆裡。

◇　◇　◇

「呃，冰川老師？這到底是……？」

冰川老師
想交個宅宅男友

「嗚嗚，不要看我……」

這裡是冰川老師的家中。

冰川老師不知為何跪坐在我面前。我低頭看著她，接著環視周遭的景象。

玄關處的景象慘不忍睹，簡直像颱風過境似的。

首先，東西實在太多了，還有幾件衣服散落在走廊上。這絕對不是剛才那場騷動所引發的慘狀，一定是平常的生活習慣就如此邋遢。

「那個，冰川老師……」

「怎、怎麼了，霧島同學？」

「難道妳不會打掃嗎？」

「唔！」

冰川老師像是被凍住似的僵在原地。

仔細想想，的確有跡可循。很久之前我詢問她的房間狀況時，她的反應就不太對勁。前陣子來她家的時候，紗矢小姐還累得不成人形，彷彿剛做完重度勞動似的。

「……但知道冰川老師不會打掃之後，我還挺開心的。」

「咦？很開心嗎？」

「是啊，感覺像發現了冰川老師嶄新的一面。原來冰川老師並非萬能啊。我還以為妳可

冰川老師想交個宅宅男友

以把每件事處理得無懈可擊呢。」

「那當然啊，你把我當成什麼了？」

說完，冰川老師嘟起嘴，像在鬧彆扭似的。

這個樣子當然也可愛極了。

「……霧島同學，你要說什麼？」

冰川老師盯著我的臉，用輕聲囁嚅的聲音問道。

她的表情似乎帶著一絲膽怯。

……哦，對喔。我有重要的話要對冰川老師說，才會走這一趟。

我輕輕嘆了口氣，轉換心情後，看著她說道：

「那個，冰川老師──待會兒要不要跟我一起玩網路遊戲？」

「……呃，為什麼要玩網路遊戲？」

我將家裡帶來的筆電打開後，一旁的冰川老師也打開了電腦，並小心翼翼地問。

我一邊輸入老師告訴我的Wi-Fi密碼，回答道：

「冰川老師，妳之前不是說要跟我一起玩嗎？」

「我當然記得啊……」

冰川老師這話說得含糊，似乎還無法釋懷。

這也難怪。如果有人忽然跑來家裡說「一起玩網路遊戲吧」，當然會覺得納悶。

但這是必要的過程。

我準備就緒後，便帶著冰川老師操控的角色在遊戲世界裡到處跑。

這個遊戲是要在中世紀歐洲的城鎮裡四處奔波，打倒怪物，可說是相當「常見」的遊戲。但定期舉辦的活動總能緊緊地抓住玩家的心，讓人想停也停不了。

這麼說來，我也已經玩好幾年了。

確認我們正往目的地前進後，我看準時機開口：

「那個，冰川老師。妳之前說『想讓我談一場平凡的戀愛』，對吧？」

「……嗯，我說過。」

冰川老師的聲音有些陰鬱。

就像做好某種覺悟似的。我往旁邊一瞥，發現冰川老師全身都在微微顫抖。

但我重新看向電腦螢幕，繼續說道：

「……在那之後，我仔細想了想冰川老師跟我說的那些話。最後我想到……應該說想通了一個道理。」

平凡的戀愛，普通的情侶。

經冰川老師這麼一說，我用自己的方式思考過了。

最後，雖然有徵詢過木乃葉的意見——但是唯獨一件事，我可以帶著堅決的信念大聲說出口。

沒錯，那就是……

「——仔細想想，我不喜歡人多的地方耶。」

「…………………………………………………………什麼？」

你在說什麼鬼話——冰川老師的眼神清楚地表現出這股疑惑。

接著，冰川老師用手指揉一揉眉間，開口問道：

「咦、什麼？等、等一下！這話什麼意思！」

「呃，冰川老師不是說，想讓我談一場『平凡』的戀愛嗎？」

「對啊！」

冰川老師一陣驚呼。

糟糕，話題跳太快，先把結論說出來了。但這畢竟是我剛剛才導出的結論，而非將思緒

加以統整後的答案。

我一邊回想自己的思考過程，同時說道：

「呃……說到『平凡』的戀愛，就會想到煙火大會或聖誕節等活動，但其實我沒什麼興趣。因為人很多嘛。我還覺得放煙火很吵呢。」

「徹底否定了煙火的存在……」

「聖誕節又很冷。為什麼還要出門呢？」

「這次又徹底否定了冬天的存在……」

「話雖如此，但夏天也很熱，感覺有點微妙……」

「是、是嗎？」

「不過，我可以接受COMIKET那種悶熱和人潮。」

「太矛盾了吧！」

呃，雖然這是我的主觀感受，但我真的這麼想。

但我的感覺就是這樣，所以也沒辦法。

「是啊，我總是這麼矛盾。明明很討厭，卻又喜歡。我雖然覺得放煙火很吵，但如果現場沒那麼多人，我就不討厭煙火活動了。聖誕節也一樣，我喜歡欣賞聖誕燈飾營造出的幻想風格。如果只論人潮和悶熱的話，我也很討厭COMIKET，但一想到可以買到喜歡的作家創作的同人誌，我就能接受。總之我想說的是，只要包含喜歡的因素，我隨時都能樂在其中。」

「──聖誕節的時候，就算哪裡也去不了，哪怕只能和冰川老師相處一小段時間，我就覺得很滿足了。」

「──────」

冰川老師瞪大眼睛，倒抽一口氣。

沒錯。這就是我想說的話。

像聖誕節和煙火大會──這種「普通」的約會，如果一直不能成行，確實有點難受。

但只要能和冰川老師在一起，我就覺得很開心了。

不論是圖書館那一次，還是去玩社群遊戲那一次，在一起的時間確實令人無法滿足。

但因為有「和冰川老師在一起」這個大前提在，我就覺得很快樂。

所以，不必特地出門也無所謂。

無法像平常人一樣約會也無妨。

只要待在冰川老師身邊，不論是何種形式的約會，我應該都能樂在其中。

但冰川老師似乎還有話想說。

她可能還是對「普通的約會」充滿執念吧。原因無他，就是為了我。
正因如此，我才要向冰川老師再次強調。
不是強調我們的師生關係——而是我們最根本的存在意義。
「而且，雖然妳說要談一場『平凡』的戀愛，但說到底，我們一點也不『普通』啊。就算撇除師生關係也一樣。」
「……咦？」
「因為——我們不是宅宅嗎？」
跟過去相比，御宅族的人口確實增加了。
但綜觀整體依舊是少數派。
這樣的我們——根本就稱不上「普通」。
「……我想過了。出門參加煙火大會或聖誕節這些活動，如果是和冰川老師在一起，我或許會玩得很開心，卻也不侷限於此。就算不出門，只要有一支智慧型手機、一本漫畫，不管在哪裡都能樂在其中。若冰川老師在我身邊，那就更棒了。該怎麼說呢，我們是徹頭徹尾的居家型人物，這才是我們御宅族的生活模式，不是嗎？」
這番話並不是要概括全體。
但我認為，這是御宅族的一種特性。

冰川老師想交個宅宅男友

「——所以，就算未來我和冰川老師哪兒也去不了也無所謂。我們就用自己的方式享受人生就好。該怎麼說呢，這就是我想告訴冰川老師的事。」

如果想做這些事，將來想怎麼做都行。

冰川老師咬緊下唇，似乎在隱忍著什麼。

隨後，她用開心的語氣說道：

「霧島、同學。我——」

但冰川老師並沒有把話說完。

因為冰川老師的視線被電腦螢幕的畫面完全吸引住了。

我向冰川老師傳達了心中的想法。

所以這些後續的驚喜，只是我個人的私心。

我們沒去成慶花櫻花祭。看不到夜櫻，沒能參加賞花活動。

所以，我想修正這個結果。

冰川老師想讓我親眼看見——同時也是我現在最想讓冰川老師看見的場景。

在我們眼前的電腦螢幕上。

——顯示出美麗的夜櫻被燈光輝映的景象。

◇◇◇

「……………這是？」

身旁的冰川老師輕聲低吟。

我們眼前的電腦螢幕上，出現了繽紛美麗的夜櫻。

這是遊戲中舉辦的季節限定活動——賞花活動。活動設計和現實時間同步，入夜後就能欣賞到燈光輝映下的夜櫻。

不過，最近的遊戲果然很精緻耶。

外面看到的夜櫻或許也很美，但這個畫面完全不遜色。

光看這個場景就能感受到製作團隊耗費的心血。如果用解析度更好的螢幕來看，應該會更精緻吧。

但眼前這一幕，還是漂亮到讓人嘆為觀止。

「霧島同學。」

「什麼事？」

「謝謝你。」

冰川老師想交個宅宅男友

冰川老師在我耳邊低語。光憑這句話，我就覺得先前的努力很有價值。

雖然這次我也沒做多少事啦。

這時——

冰川老師忽然靠上我的肩膀。

她輕輕地將頭靠過來，感覺像在撒嬌一樣。

亮麗的黑髮搔弄著我的臉頰，香甜的氣息圍繞著我。被她倚靠的肩膀簡直熱得不像話，心臟跳得飛快。

但我不想被老師發現自己的窘迫，忍不住說出了口是心非的話。

「……那個，冰川老師，很重耶。」

「忍耐一下。我現在想跟你撒嬌。」

「這樣啊。」

她光明正大地做出這般宣言，我也無話可說了。

冰川老師在我耳邊輕聲低喃：

「霧島同學——往後也請多指教。」

「好的，冰川老師。」

聞言，我面帶微笑地點頭。

第十二章

隔著窗玻璃往外看，月光照映之處依舊遠得遙不可及。
那裡充滿著幻想與假想氣息，現在還是令人心神嚮往。
但我覺得如今的所在之處感覺也挺不賴的。

尾聲

「霧島同學太溫柔了！」

冰川老師大發雷霆。

呃，與其說大發雷霆，應該用「鬧脾氣」來形容比較正確。

在那之後——我們繼續玩網路遊戲。

畢竟機會難得，於是我們決定玩一會兒。

但玩著玩著，就有點口乾舌燥。

這時，冰川老師從冰箱裡拿了點心和果汁過來。

但這就是一切的開端。

冰川老師最近似乎沒喝什麼東西，她喝飲料的速度在我看來也快得不得了。而且不知為何，飲料中好像還混了幾罐酒。

「嗝！」

結果就變成這樣了。

冰川老師滿臉通紅，臉頰鼓脹到極點，不停地對我抱怨。

然後就回到一開始那句台詞了。

「那個，我覺得！」

冰川老師說起話來有點口齒不清，整個人氣呼呼的。

「霧島同學！你是不是對我太溫柔了！給我聽好！你對這件事有自覺嗎！」

「呃，冰川老師，妳別再喝了吧。整張臉都紅了……」

「不要！居然想靠這招唬弄我！我才不會上當！」

「沒有，我不是在唬弄——」

「那你幹嘛對人家那麼溫柔！來，你說說看啊！快縮！」

「這個人麻煩死了！」

雖然很可愛，但卻麻煩得要命。

冰川老師不停往我身上拍，悶悶不樂地抱怨。

「我說啊！要是你一直這麼體貼，人家會得意忘形喔！你有搞清楚狀況嗎？對人家好也要有個限度！」

「不好意思，我到底為什麼會被罵？」

「你對我這麼溫柔，我會很不安耶！會覺得你為什麼要對我百般呵護！所以，溫柔體貼

冰川老師想交個宅宅男友

也該適可而止！」

「妳是要我怎麼辦啊……」

男朋友因為太溫柔而被痛罵一頓，過去有這種例子嗎？

不，我對其他情侶一無所知，所以也不清楚。

我嘟囔一聲，冰川老師就嘟起嘴巴。

「發火。」

「啥？」

「我叫你對我發火。這樣我就不會擔心了。來，趕快對我發脾氣！快～一～點～！」

啪啪啪。

「我、我知道啦，拜託妳別拍我……那，冰川老師。」

「嗯。」

「怎麼看起來有點開心啊……呃、那個，不能給別人添麻煩喔。」

「…………………我被霧島同學罵了。（淚眼汪汪）」

「我就說這一次，否則我不吐不快！老師，妳真的很難搞耶！」

冰川老師一邊說著「是霧島同學耶～」，一邊往我身上靠。

她從剛才就一直不按牌理出牌。

尾聲

喂，柔軟的部位全都緊貼在我身上，大事不妙啊！

女孩子的身體到底為什麼會軟成這樣啊！

不過這麼一來，她的臉也近在咫尺。

彼此的視線交錯。

現在只要稍微嘟起嘴唇就能親上去了。冰川老師的櫻唇就近在眼前。

「想親親嗎？」

「唔！」

這問題像孩子一樣天真可愛。

我忍不住倒吸一口氣。

但她將我的身子壓倒，又直盯著我看，於是我說出了真心話。

「……當、當然想啊。」

「咦～霧島同學想親親啊～下流～」

「妳喝醉之後真的難搞到極點耶！」

「可是呀，其實我也想親親喔。」

冰川老師用甜美無比的嗓音在我耳邊輕聲呢喃。

「……我一直在忍耐，但其實我真的很想這麼做。可是我跟你是師生關係。親下去之後就會一發不可收拾……現在要先保留起來。」

「老、師……？」

「所以呀。」

冰川老師帶著微笑說道：

「——等到這段關係可以搬上檯面之後……就來親個夠吧。」

冰川老師像是氣力耗盡一般，壓在我身上睡著了。

這個老師真的是……被她這麼一講，我不就什麼都不能做了嗎？

在這種狀況下還要忍耐，簡直苦不堪言。

她應該知道這一點吧。

我小心翼翼地撫摸著冰川老師的黑色秀髮。

接著說道：

「冰川老師，我喜歡妳。」

只見冰川老師熟睡的臉孔舒緩了些許。

後記

購買這本書的讀者應該有九成都是初次見面。剩下的一成（或更少）的超罕見讀者，好久不見。我是透過第三十屆ファンタジア大賞出道的篠宮夕。

已經閱讀完畢的各位覺得本作如何呢？

若本作能讓您會心一笑，為您帶來些許樂趣，那將是我的榮幸。

那麼，如書名所示，本作是描寫老師與學生的戀愛喜劇。

老師很棒吧，經常會在漫畫或輕小說中出現。只是在輕小說登場時，常常會嚷嚷著「適婚年齡」這種話，但連同這種設定在內，我也覺得超級可愛。

若硬要從老師的眾多魅力中選出一項——應該是「只有我才知道老師可愛的一面」吧。

這可能不僅限於老師這種角色啦。

不過，外人毫不知情，只有我才知道「老師可愛的一面」——這種設定果然很讚。「感覺明明對你很凶，其實卻有很多可愛的地方」，這種感覺真的很不賴耶。

如果本作也能描寫出這種老師就好了。

後記

那麼，請容我致上謝詞。

首先要感謝西沢5ミリ老師。雖然很羞愧，因為我見識不廣，第一次拜讀老師的作品是《請收下我的第一次。》但當時我就心想「世界上居然有這麼厲害的人」，隱約有種瞻仰天上神仙的感覺。沒想到兩週後就決定由老師為本作繪製插畫！拜見老師描繪的插畫時，我總是笑嘻嘻的，每一張都是我的心頭好。

接著要感謝責任編輯。尤其這次真的給您添了很多麻煩。呃，我老是拖過截稿日，真的非常抱歉。下次我一定會準時交稿。應該會。

再來要感謝我的朋友們。對不起，我爽約了好幾次。託大家的福，這次我也總算順利寫完稿子了。如果還有酒攤或其他邀約，請務必找我。下次我應該就能赴約了。大概。

最重要的，當然是向購買本書的每位讀者致上最深的謝意。

但願本作能在各位的腦海中占有一席之地。

篠宮夕

國家圖書館出版品預行編目資料

冰川老師想交個宅宅男友：第一堂課 / 篠宮夕作；
林孟潔譯. -- 初版. -- 臺北市：臺灣角川, 2020.10
　面；　公分. --
譯自：氷川先生はオタク彼氏がほしい。1時間目
ISBN 978-986-524-043-1(平裝)

861.57　　　　　　　　　　　　109012119

Kadokawa Fantastic Novels

冰川老師想交個宅宅男友 第一堂課

（原著名：氷川先生はオタク彼氏がほしい。1時間目）

2020年10月7日 初版第1刷發行
2020年12月4日 初版第2刷發行

作　者：篠宮夕
插　畫：西沢5ミリ
譯　者：林孟潔

發行人：岩崎剛人
總編輯：蔡佩芬
編　輯：高韻涵
美術設計：黃永漢
印　務：李明修（主任）、張加恩（主任）、張凱棋

發行所：台灣角川股份有限公司
地　址：105台北市光復北路11巷44號5樓
電　話：(02) 2747-2433
傳　真：(02) 2747-2558
網　址：http://www.kadokawa.com.tw
劃撥帳戶：台灣角川股份有限公司
劃撥帳號：19487412
法律顧問：有澤法律事務所
製　版：巨茂科技印刷有限公司
ISBN：978-986-524-043-1

Kadokawa Fantastic Novels